As trepidantes & gozosas desventuras de

Momo Rei,

Contendo o Relato verdadeiro & fidedigno , em onze cantos de admirável estro Poético e valioso teor edificante , das andanças do Deus do Ridículo , desde seu nascimento do ventre da Noite até a ascensão como senhor da Máquina do Mundo , incluindo sua expulsão do convívio dos demais deuses , descida à Cidade dos Mortos & perseguição pela Terra , além do logro de El & Jeová , com três Intermezzi e verbetes do seu Pai dos Burros , a partir de tabuletas de argila , papiros & pergaminhos esquecidos em grego, aramaico & ugarítico , posteriormente recuperados em escavações arqueológicas , da pena do DR. ADRIANO SCANDOLARA , com auxílio de Alessandro Scandelari, Alexandre Scolari , Adônis Scarola , Alberto Scalope , Adoniran dal Cosara & Yitzchak "ben Zoná"

MAZELTOV

SANCTVS PAVLVS,
APVD KOTTER
&
GAII BORGII GERALDII ET VICTORIAE NOIAE.
M.M. X.X. III.

também conhecido como:

ou

ΜΩΜΟΣ ΤΥΡΑΝΝΟΣ

ou

mitos reunidos à ocasião do colapso da idade do silício
la moral y muy graciosa historia del Momo
novos oráculos sibilinos para o
novo milênio
de rerum stulta natura
o apocalipse de Ben Zoná: revelações do anjo Phal'aphel
teogonia 2: electric boogaloo

ou simplesmente:

Momo
Rei

A Quem Estiver Lendo

(preliminares)

por volta de 1600-1100 a.C. os babilônicos escrevem um épico cosmogônico chamado *enûma eliš* que não era tanto só um poema eufônico sobre a criação do mundo quanto uma exaltação do deus hegemônico Marduk santo padroeiro da babilônia acima dos outros deuses do panteão mesopotâmico de modo que o seu novo status teológico refletisse do estado o novo status econômico

e enquanto isso o título de Rei Momo aqui na américa do sul tem suas origens no deus Momo que era o deus do ridículo deboche zombaria e reclamação dedo no cu e gritaria que foi expulso do Olimpo

e é nessa nossa relação carnavalesca que eu encontro a razão de ser deste poema antes que alguém possa dizer puta que pariu quem que aguenta mais poeta falando de deus grego a esta altura essa chutação de cachorro morto de *Sísifo constipado* ou *As jacas de Diana* ou *Tântalo de larica* ou *Caronte com hemorroida* e *Prometeu desprometido* etc.

pois bem sim estamos longe da hegemonia econômica e cultural da babilônia da idade do bronze mas ignora a história quem quer que negue ser o nosso próprio deus do ridículo quem realmente rege este mundo vil

destinado inteiro fadado
e malfadado a virar brasil

para o Guilhermomo Gontijo Flores

aquele que habita os céus rirá
deles zombará o Eterno

Salmo 2:4

é claro — que rezei —
e Deus se importou?

Emily Dickinson

o primeiro homem, criado pelo demiurgo, vivia na inocência, embora seu pênis estivesse continuamente em ereção e ele tentasse amolecê-lo molhando-o com sopa de mandioca. Instruída por um espírito aquático (subsequentemente castrado e morto pelo marido dela), a primeira mulher ensinou-o a amolecer o pênis praticando o coito. Quando o demiurgo viu o pênis flácido, ficou furioso e disse: "de agora em diante, você terá um pênis mole, fará filhos e depois morrerá; seu filho crescerá, fará também um filho que, por sua vez, morrerá".

mito Tenetehara, em Lévi-Strauss

dada a própria natureza do progresso, todas as eras devem ser eras de transição. Se não fossem, o mundo pararia e a morte viria ligeira. Esta é uma das platitudes mais bestas, mas é sempre apresentada com um floreio de trombetas.

Gertrude Stein

mas gertrude stein é cabotina acha graça em soltar pum
debaixo d'água eu hein, gertrude stein? não é possível
que alguém goste tanto de fazer bolha

Angélica Freitas

venham logo para cá, porque se cabe a mim
venderei a arte dos poetas feito queijo

Dioniso, em Aristófanes

o poeta é como um rato num queijo imenso, empolgado com o tanto de queijo que tem pra comer

Czeslaw Milosz

a alta cultura, vocês sabem, é o que eleva e civiliza as pessoas. Vocês sabem, museus, balé, o te-aaa-tro. Todas essas coisas, você vai lá e vira uma pessoa melhor. Agora, comédia? Baixaria. Bem, sinto muito lhes dizer, mas ninguém vai sair daqui uma pessoa melhor. Estamos todos só chafurdando na própria merda aqui, gente.

Hannah Gadsby

contra um mau espírito do sanitário, deve-se entoar a seguinte prece: "Sobre a cabeça de um leão e sobre a fuça de uma leoa encontramos o demônio Bar Shirika Panda; sobre um leito de alho-poró eu o derrubei, com a mandíbula de um asno eu o atingi".

Talmude (Bavli, Shabbat 67a)

há quem negue que haja qualquer uso legítimo da palavra Deus pelo tanto que ela já foi abusada. É certo que é a mais carregada de todas as palavras humanas. Precisamente por esse motivo, é a mais imperecível e inevitável. E quanto peso será que tem todo esse palavrório errôneo sobre a natureza e obra de Deus (embora nunca tenha havido nem possa haver um palavrório desse tipo que não seja errôneo) se comparado com a única verdade de que todos os homens que se dirigiram a Deus tinham-no mesmo em mente? Pois quem quer que diga a palavra Deus e realmente tenha o Tu em mente, se dirige, não importa qual o seu delírio, ao Tu verdadeiro de sua vida que não pode ser restrito por qualquer outro e com o qual se estabelece uma relação que inclui todas as outras.

Martin Buber

mas o que é o si-mesmo? O si-mesmo é uma relação que se relaciona consigo mesma, ou consiste no seguinte: que na relação a relação se relacione consigo mesma; o si-mesmo não é a relação, mas consiste em que a relação se relacione consigo mesma.

Søren Kierkegaard

merdra!

Pai Ubu, em Jarry

Críton, estamos devendo um galo a Asclépio. Vê se não esquece de pagar essa dívida.

últimas palavras de Sócrates

Canto I

Argumento:
proposição do assunto do poema — o leitmotiv do jumento — blablablá cabalístico — invocação da musa — primeiro item do dissionário hetimomológico *— a aparição de Momo — tentativa de justificativa do injustificável — funeral de Crísipo (RIP)*

grandes coisas começam com gestos singelos
como se masturbar na banheira
agora
pega os trapos e velha lanterna
leva à rua nada nova ofuscada de sol e ouve
pra te distinguir dos ignorantes e presta
atenção à sabedoria aramaica
que desce como vinho no cálice
do espírito
está escrito: quando
tua urina fluir como rios a ponto de um moinho
poder correr nela e o odor
de teu excremento for como erva aromática
tereis tua paga
assim respondeu o Eterno
à prece do jumento
cansado a trabalhar
geração após geração
sem repouso

sim está escrito mas o problema
é óbvio é *onde* isso está escrito
o gesto singelo: Jeremias o profeta tristonho
que na casa de banho a semente
derramou igual o cínico na ágora
e imaculado

com sua filha gerou sem querer o filho-neto
Ben Sirá nascido falante e com dentes
e ensinou a Nabucodonosor em seu *Alfabeto*
o porquê de o jumento mijar onde outro
jumento mijou e o porquê
de o corvo copular pela boca (a maldição de Moisés
acusado de cobiçar sua esposa) e como
depilou o rei Salomão a virilha
da rainha de Sabá

desce sim o vinho
no cálice do espírito
mas é vinho daqueles de caixinha de suco
que histórias absurdas
protesta o filisteu
oras não menos neste mesmo livro
é a de Lilith que você certamente já leu
em lugares suspeitos por aí
e já sabe de cor
como mulher primeira de Adão
que queria ficar por cima na hora de trepar
primeiro arrependimento do criador

mas essa por algum motivo
vocês levam a sério
dois gestos singelos portanto: a punheta
do profeta
e o riso dos rabinos que neste siso
tardio tomamos por verdade (lanterna
em punho vamos Diógenes
atrás da verdade
mas lave a mão antes)

e conta o mestre
havia também um rei
(também está escrito
mas agora no livro

da *Iluminação* a história é séria)
às vezes levava seu trono no braço
outras na cabeça e os alunos
perguntaram-lhe então: por quê mestre?
e ele respondeu: porque era um trono maravilhoso
e seria uma pena sentar nele

(claque)

e talvez o riso
(חחחחח)
seja meditação sobre esta letra
como ressoa no álef
o silêncio de todos
ao pé do monte Sinai
(que litúrgico da nossa parte)
aliás *canta* pois
já que estamos tão bíblicos
celeste Musa que do oculto
cimo do Horeb ou do Sinai ditaste
ao pastor que primeiro à raça eleita etc etc

eu diria se houvesse
alguma musa aqui mas
quando pensei neste poema
era para inscrevê-lo numa bolsa de criação literária
que obviamente não ganhei e agora
situação deplorável não posso me gabar
fui pago pelo governo para escrever a ode ao cu
(ele já banca convenhamos
tantas coisas piores)
certo que o dinheiro não é boa musa
mas a pobreza não ajuda
e agora recai que tarefa ingrata eu sozinho
e sem verba
de Deus justifique a Lei aos homens

logo eu
Ben Zoná o fugido da zona
o mau judeu
o próprio sobrenome perdido ao longo do caminho
incircunciso o sangue
diluído nas veias
criança lavada na pia
da igreja nunca mais frequentada

quando encasquetei de procurar
sentido no mundo e fui
atrás de minhas raízes
revirando volume atrás de volume
os mistérios das letras hebraicas
como os tijolos da criação
até as tabuletas mais opacas
que de fato eram basicamente tijolos
(poético isso)
como se pudesse vislumbrar
no mais alto nível das emanações da Criação
os desígnios do Altíssimo
que culminaram em minha existência absurda
o que consegui foi tornar
minhas crenças ainda mais
absurdas
e vocês que lidem com isso

por isso tardo e retardo
e só agora começo a escrever esquecendo
o que ia dizer quando
mandei o projeto rumo a seu fracasso
e começo aqui e meço aqui este começo e recomeço e remeço
e mexo e remexo e arremesso
mais uma folha ao lixo

começo a contar
aqui agora de Momo

a mimosa história
de como
persona non grata
ele foi expulso do convívio
com os demais deuses
tido como pária e vagabundo
mas em apenas três mil anos
(um piscar de olhos para um deus)
deu a volta por cima e hoje
detém orgulhoso as chaves
da máquina do mundo

é um mito ótimo porque
dirão os coaches
é uma história de superação
e deve servir para inspirar a todos
que quem acredita sempre alcança motivo para
pensar positivo e não
desistir dos seus sonhos
mesmo que sejam ridículos
e você seja ridículo
e esteja na merda
e seja um merda
já os padres e pastores e ministros certamente
dirão ser satânica a história
com seus óbvios paralelos
a expulsão do céu o título
de senhor deste mundo
em todo caso não existe
publicidade negativa
e assim todos me ajudam a vender esta bomba
pois meu último livro já deu muito prejuízo

poetas bem se sabe
são mentirosos
e com frequência também caloteiros

especialmente os que fazem poeminha
sobre comer cu em banheiro de rodoviária
por isso não prometo que revelo
nestes versos místicos
a Verdade em si mas
essa busca à luz
da velha lanterna sempre a mesma
a que fixa no olhar
e nos dá náuseas

abrimos nosso *dissionário hetimomológico*:

"emético"

– que ou o que provoca vômito
do hebraico emet *(*אמת*)*
que quer dizer *verdade*
como o cachorro
que morde enfim correndo a roda do carro
falta
de ar calafrio
ânsia enquanto rodopia e à volta teu mundo
desmorona
o estômago embrulhado pra viagem

por isso só um perfeito jumento
pra ir atrás dela

(pigarro)

mas bem eu sou o que sou
a chama me chama
Moshe Moshe
e o pensamento martela
no fundo das ideias
não bem soprado pela
musa ou espírito santo mas
por aquilo que qualquer pessoa sensata

ignoraria como o impulso de meter
o dedo na tomada

e no entanto olhe para este mundo
largue a contemplação
os textos ancestrais
pegue o seu jornal
num dia o oceano pega fogo
tudo normal
no outro enxameia
uma nuvem de gafanhotos
e trevas recaem sobre as capitais
com chuva de fuligem
e nos perguntamos
o que faziam os funcionários do Faraó
quando recaíram as pragas de Moisés
se faltaram no serviço ou prosseguiram
um cartaz hieroglífico dizendo
não existem metas impossíveis
para aqueles que sempre demonstram força de vontade
na parede do escritório

mundo este em que
mais um vírus mortífero
se abate sobre a população
e segue-se um milhão quase de mortos
porque elegeram um *mercenário*
corno e contrabandista misto
de Mussolini com bicheiro
a quem assistimos quase morrer
por não conseguir cagar
peidando ao vivo na TV
seus soluços com cheiro de merda
desarmado e nu
na savana do establishment
como diz seu filho

enquanto as hienas e abutres
jogam cartas na mesa sórdida
de um bumbum guloso qualquer

mundo este em
que sequer dá para fazer piada
porque toda piada vira
profecia

num mundo desses tal impulso
só pode ser legítimo

certo que às tragédias convém solenidade
ombro aos que restam e choram
enquanto os mortos se calam e cabisbaixos
diferente do que se pensa não dançam
mas passado o minuto de silêncio já que Momo
não segura o sol no céu (queima diz ele
a ponta dos dedos) outra vez
com suficientes sóis
da terra ao céu nada
há que se safe

e assim
amigos estamos reunidos aqui hoje
para honrar a vida e a memória de Crísipo de Sôli
filho de Apolônio de Tarso
discípulo de Cleanto de Assos
e respeitável estoico
cerraram-se seus olhos em treva
ontem à tarde quando observava
um jumento bêbado tentando comer um figo
e gargalhou até sufocar.

Canto II

ARGUMENTO:
invocação de São Robert Burton padroeiro dos melancólicos – sobre Saturno e sua influência e paradeiros – tristeza de Momo (o choro do palhaço) – visão dos portões da antiga cidade recentemente exumada de Ugarit – a churrascada do pai dos deuses – sinais das coisas por vir

e como o grande capitão Zisca
que desejando um tambor feito
de sua própria pele quando morresse pensou
no estrondo que faria ao afugentar seus inimigos
não duvido que estas linhas quando
forem recitadas ou lidas no futuro
hão de afastar a melancolia
(embora eu já me tenha ido)
assim como o tambor de Zisca
aterrorizava os adversários

um salve pro velho Robert Burton!

que se escrevemos
esse punhado de sandices
tem razão
é pra afastar melancolia
(e não há criatura mais melancólica
que o brasileiro dos últimos anos)
porque está escrito: quem
aumenta a ciência
aumenta a dor
e nada   (tudo névoa-nada)
tem mais graça que a infelicidade

coisa mais cômica do mundo
e rimos e rimos

com gosto a princípio
só que é sempre a mesma coisa como
aquela história engraçada que já ouvimos demais
e ainda achamos graça mas
não nos faz rir mais

Saturno diz Burton aquariano
era o regente de seu signo já que à época
ainda não haviam descoberto Urano
(soava *your anus*)
Saturno coitado
deus deposto astro maléfico
certo que os gregos não gostavam dele
talvez porque regia o próprio tempo
daí ser chamado Kronos
como em "crônico" ou "cronômetro"
fazendo com que os rapazinhos logo criassem barba
e porque pegava mal
não desse mais pra enrabá-los

(e eis que Momo
conta Calímaco
tinha por hábito pichar nas paredes
provavelmente dos banheiros do Olimpo
onde Zeus currava Ganimedes:
Kronos é sábio)

dizem que teria fugido pra Itália
depois de derrubado pelo filho
que não pôde devorar
onde inventou a Saturnália
um quase carnaval
só que sem pó
e de lá teria saído de novo
diz ilustre Plutarco
indo fazer sabe-se-lá-o-quê-então nas ilhas britânicas
o que deve ter sido

equívoco do historiador
porque se Saturno fugiu pro oeste
ele foi é pra Portugal
onde ensinaria o fado
à raça melancólica dos lusitanos
(são mais fleumáticos penso
os britânicos)
e talvez tivesse tido
um dedo também mais tarde
na invenção do blues
mas *you may bury*
my body down by the highway side
uma outra entidade
é que reclama a patente

e ainda que deus e astro da tristeza
sua mágoa porém
é uma fração da de Momo
que em seu momento mais sarjeta
mais parecia o mais triste mendigo
porque mesmo deposto
Saturno teve lá antes sua glória
e convenhamos que capar o pai
e devorar os próprios filhos
não é o mais saudável dos comportamentos

já por muito menos enxotaram Momo
quando recitou sua ode ao cu
aos ouvidos ofendidos dos olímpicos
e desamparado foi
buscar asilo onde florescem os asfódelos
(i.e. onde as canelas se esticam
i.e. onde pela raiz se come a salada de capim
i.e. onde se bate a alcatra na terra ingrata
i.e. mundo dos mortos)

antes de ser caçado
em perseguição que rodou o mundo inteiro

eu o vejo nessa situação
(música triste maestro por favor)
cabelo e barba compridos desgrenhados
as roupas pomposas em frangalhos
vagando o deserto
até chegar ao monte Záfon
que era o Olimpo da Síria
em cujas rochas se espremeu em silêncio
pra que não fosse visto ou ouvido
pelo Trovejador Baal
(que se traduz por "senhor"
mas por que não "prefeito?")
Hadad
o Construtor-de-Ciclovias
e enfim chega aos portões da antiga Ugarit

entre o monte e o mar desde 6000 a.C.
Ugarit repousava
florescendo no comércio
sob aprovação do pai dos deuses
El e sua esposa Átirat ou Ásherah ou Aserá
rainha dos céus
e os filhos Baal Hadad e Yam e Mot dividindo
não sem algum conflito
os poderes entre céu
mar e subterrâneo
suspeitosamente parecidos com os três gregos
Zeus e Poseîdon e Hades
ou os hebreus
Shemp e Moe e Larry
ou os brasileiros
PMDB e PT e PSDB

já em XII a.C. a cidade foi toda abaixo
esquecida dos milênios
os gregos ainda em sua era de trevas
não os conheceram
nem os romanos nem mais tarde
os turcos ou cristãos
que podem ter pisado por lá
em cruzada ou peregrinação
à terra santa
há menos de 100 anos só nós a conhecemos
escavando sua história alfabeto e panteão
e sabe-se lá o que mais
lá deve repousar soterrado
nos escombros da história
que vemos agora nós mesmos à beira
do colapso como o da idade
do bronze
serve-nos de espelho

não de fato
este canto não tem muita graça
porque é óbvio seu tema
é melancolia
e nada mais melancólico que estas ruínas
das quais nem mesmo o sol
mais guardava memória
e desentranhadas lembram:
in the very temple of Delight
veil'd Melancholy has her sovran shrine

e sim também Burton
apesar dos esforços
conta-se
teria dado cabo da própria vida
enforcando-se em Christ Church
o que nos lembra ainda

o suicídio do Renato de Hermes
& Renato ou
de Robin Williams
encontrado igual enforcado
como o filho do personagem que interpretou
em *O melhor pai do mundo* (2009)
mas que se enforca por acidente com um cinto
numa sessão vigorosa de asfixia autoerótica
e mais tarde vemos seu pai (Williams)
que disfarça o desastre como intencional
repetindo o velho clichê
entre um acesso mal
contido de risos
que lhe é repetido por outro personagem
de que o *suicídio é uma solução*
permanente para um problema
temporário
talvez porém não tão temporário
se tantos provam o provérbio
infernal: *excesso*
de tristeza ri
ainda que uma risada cínica
como a de Menipo
ou de Demônax faminto e Diógenes e Métrocles sem ar
as sandálias chamuscadas de Empédocles o que
restou do vulcão
ou Peregrino Proteu prestes a atirar-se ainda vivo
à pira funerária dos jogos olímpicos do ano de 165
abertura mais impressionante certamente
do que até a da China em 2012

não por acaso
um dos conselhos de Sileno
bode velho comparsa
de Dioniso arruaceiro

era que o melhor é nunca ter nascido
e se nascido
morrer o quanto antes
porque todo bêbado
bem entende da velha bile negra
whose strenuous tongue
can burst Joy's grape against his palate fine
dizia Keats
então *ainda bem moço*
pra tanta tristeza
assim como era Casimiro de Abreu
autor do mais belo verso da língua
portuguesa:
minh'alma é triste como a rola aflita
sentido como se sabe da palavra *melancolia*
bem como de outras biles também
que tendem a dar as caras
genuflexo diante ao vaso
lá pelo fim da madrugada

(atenção atenção
para Dante fazendo
a mão de coxinha)

e caddi come un corpo morto cade

(e então
você acorda em vários estados
de desordem   partes do seu corpo
machucadas perdidos o seu dinheiro
e/ou possivelmente e com frequência
o seu carro se você tinha carro
e/ou possivelmente seu rim
se você tinha rim
dentro duma banheira de gelo
e você pergunta onde está
e está em Santos sendo que ontem

você estava em Manaus e
você liga para uma mulher
se você estivesse com uma mulher
para com frequência ouvi-la bater o telefone
na sua cara)

momento de trívia: quando morreu afogado
Percy Bysshe Shelley em alto mar
e seu corpo depois veio à praia
cremado lá mesmo por questões sanitárias
seu coração
dividido
entre a esperança e a razão
se recusava a queimar
e foi resgatado da pira funerária
e passado ao amigo Leigh Hunt
e à esposa Mary
que o guardou consigo revestido em prata
até reunir-se com o marido
sem saber porém que o órgão
era menos um coração
pobre coração
bem melhor que não tivera
do que um fígado:

mas me perdi outra vez *um peixe*
em digressões
(ou não porque
se nos perdemos aqui
é para nos reencontrarmos melhor)
de volta a Ugarit
que cumulou tantas eras de poeira sobre si
e suas histórias
uma tabuleta conta do churrasco
divino do pai dos deuses:

El abate a caça em sua morada
mata as bestas em seu palácio
aponta aos deuses os cortes da carne

para o deus que conhece
grelha um banquete para que se farte
para os deuses que desconhece
dá pauladas sob a mesa

e bêbado ao fim
desmaia escorado enquanto Anat e Aserá
pobre Aserá aliás
casada com um pudim de cana
buscam a planta cura-ressaca
pelos mais sábios chamada
pela raiz semítica quadriliteral
'ngv

ele escorrega em seu esterco e urina
El cai como um morto
El como os que descem à terra

não bem
o que Nietzsche tinha em mente
com seu **Gott ist tot**
essa tabuleta alegre como os mortos
eternamente duros
petrificados trepando em Pompeia
as atividades sísmicas
toda erupção e tremor
como riso da terra
como correm as estações
sangue ruborizando o rosto
que já foi melancolia
prazer chorado
por ter tido fim
os tempos e vontades que mudam

verde manto e neve fria
(ou pelo menos geada)
toda essa putaria
de palhaços alcoólatras
e judeus idólatras
e fracassados ególatras
e poetas podólatras
e rirmos da desgraça alheia
(e com sorte terei
mais sucesso que o pobre Burton
senão creio
pelo menos vou hidratando a pele
que assim darei um ótimo tambor)

lembremos pois
de nosso fio da meada
nesse bolo narrativo
difícil de achar
como é que Momo cai
e por que farroupilha
destituído e sedento passava
cada vez mais perto dos portões da cidade
e El cada vez mais torto.

Canto III

para o Gabriel Resende Santos

ARGUMENTO:
descrição do Olimpo – breve resumo cosmogônico – as origens da democracia – o triste fim de Drusípoulos – segundo item do dissionário hetimomológico

ah o Olimpo
é dizer nome e já imaginá-lo
horrendamente brega
cheio de coluna grega
e fontes do tipo que tem peixes de pedra
cuspindo água pra cima
mulheres formosas com vasos
crianças peladas mijando etc
e lá está assentado ao trono
Zeus ou Júpiter ou Jove
o Trovejador
e os outros deuses todos
que têm seus lugares marcados e apenas
toleram Momo que
deus ancestral se via
meio deslocado no meio dos mais jovens
como hoje alguém
que tenha vivido demais os anos 70
e ache tudo muito careta
(e ainda use o termo "careta"
e outras gírias do tempo do epa)
use calça boca de sino
e tenha flashbacks de ácido

mas sejamos razoáveis
que agora é boa hora de revelar

de que buraco enfim
saiu esse Momo que eu tanto falo:

no princípio sabemos não tinha Terra
nem Céu ainda formados
só o Caos que surge
quando o universo incriado
sofre as convulsões violentas
de um riso diante da piada
de que haveria de existir algo
em vez do nada

e surge também Noite filha do Caos
(puta exercício de abstração imaginar
como que tinha noite sem céu)
e Momo saiu trepando de seu ventre trevoso
pra que houvesse alguém lá quando
o Céu fosse castrado
pra apontar o dedo e rir
porque o Céu desde esses tempos
mija sentado
(esta sendo a origem da chuva)

e ele nasce com os deuses todos das desgraças
bem listados por Hesíodo como
Morte e Sono e as Moiras
que cortam o fio da tua vida
e também a Ker que é um outro
tipo de morte
(meio obsessivos com o tema os gregos)
mais o Destino inescapável
e Éris a discórdia
mas pelo bem da completude
cito agora mais alguns que o poeta esqueceu:
o infante Burokratos ninado
num berço de papel
pai dos tabeliões

os gêmeos Spamos e Telemárketous
que tiram a paz
Dia-Reia a ligeira que virá a encontrar
seu lar na comida de rua
e temível Cacófaton que das línguas faz
tremebundas
em sua confusão impedindo pior que a compreensão
o mútuo respeito   e por isso infame *cu*
é "lugar" em sumério e "onde" em albanês
"eu" em javanês
"para" e "o qual" em tcheco e curdo
e tanto pior (ou melhor) em galês
que é "meu amor"

mas de seus irmãos todos só Momo
se assenta ao Olimpo
por erro de julgamento de Zeus crente
de ter encontrado nele um aliado
quando o ouviu na Gigantomaquia
zombar do gigante Encélado
porque apesar do tamanho
era anão entre as coxas
(o que é irônico pois os gregos
não gostavam de rolas grandes
grossas e veiudas)
e como conta a Titanomaquia do bardo Tamíris
zombou também dos titãs porque
era ridículo um bando de deus
com nome de banda de pop rock brasileiro
mas Zeus logo se arrependeu

Ganimedes os serve
Ganimedes o bofe
mais belo dentre os mortais
que estava um belo dia com as ovelhinhas
pastoreando no monte Ida

e de repente foi agarrado por uma águia
levado aos céus
porque o escolhera Zeus
para ser seu amante
e ele lhe deu casa
comida e roupa lavada
mais imortalidade e juventude eterna
para ser dos deuses o escanção
i.e. garção
e desfila entre eles com garrafa de ambrosia
e balde de gelo
trajado apenas de colete e tanga
na bunda divinamente esculpida
o pênis firme na sunga feito uma tora
e gravata borboleta enquanto ignora
as piscadinhas maliciosas de Zeus
que ignora por sua vez o desgosto nos olhos
bovinos da multicorna irmã-esposa

pobre Ganimedes! porque imortal
tanto pior sua sina
que a dos outros objetos
do tesão incontrolável dos deuses pois
nada menos se espera
de um tirano nos céus
que maneja o trovão
e *bababadalgharagh*– caralho
eu sempre esqueço o que vem depois
que maneja o trovão e não hesita
em usá-lo com a menor provocação
maior aspiração de toda tirania
e porque nenhum autocrata
suporta zombaria
quando pega o seu lado

Zeus por isso mal via
a hora de enxotar o velho Momo

e conta-se que para livrar o ser
humano dos tiranos eis que Prometeu
forjou a democracia
vocês lembram de Prometeu
titã que roubou fogo
dos deuses e sacaneou Zeus
com os sacrifícios obrigando-o
a aceitar ossos e gordura
em vez da carne – delitos
pelos quais foi condenado às agruras
de ser acorrentado no Cáucaso
enquanto uma águia ou
abutre lhe come o fígado
e conta-se que enquanto
lá estava preso pensou
num último jeito de mandar o Trovejador
tomar no seu trovejante rabo
e inventou a democracia
i.e. o poder do povo
para que ninguém fosse oprimido
só porque algum imbecil
dizia para isso
ter sido escolhido pelos deuses
(*francamente*
odeio todos os deuses
ele mesmo dizia)
outros poetas já o cantaram
em seu desprezo pelos tiranos
como no verso solene dos *Anais:*
O Tite tute Tati tibi tanta tyranne tulisti!
em bom português
Ó Tito Tácio tirano tanta treta tu trouxeste a ti!

Prometeu porém preso à parte da civilização
precisava de alguém
que ao povo levasse sua invenção
quando aparece Epimeteu o irmão
gêmeo porém com vários
parafusos a menos possivelmente
derrubado de cabeça ao ser parido
Prometeu lhe entrega a democracia
e na viagem de volta claro o pateta

tropeça derruba e
quebra o negócio
resolve dar uma mexida
pra ver se arruma
umas batidas aqui umas
sacudidas acolá
e cola
com cuspe e dependendo do ângulo que olha
até quase engana que nada aconteceu
e quando Epimeteu
chega à Grécia enfim
eis que deu no que deu
aqueles problemas todos
(os escravos a misoginia)
que a gente já sabe
como nas palavras
do famoso salsicheiro:
vós demagogos sois como pescadores de enguias
em águas calmas nada pegam mas se vão mexer no lodo
a pesca rende e assim também é em tempos tensos
que encheis vossos bolsos

Prometeu dá um tapa na própria testa
ou daria
não fossem as correntes

com a república romana
foi a mesma coisa ou pior
até porque os gênios inventaram
de tomar água e cozinhar
comida de cano e panela
de chumbo
(sempre gostoso rirmos dos antigos
como se não tivéssemos o sangue
entupido de microplásticos)
criando um duradouro padrão
de comportamento entre governantes
do ocidente desde então e Zeus riu
mas foi por muito pouco
tempo antes de perder
ele mesmo também seu trono
como governante louco

quando a democracia veio enfim
às mãos de Momo enquanto fuçava
em meio às tralhas de antanho ele
sentiu que faltava algo mais festivo
e mexeu nela e a levou
não à Europa mas à América
a ser decorada com estrelas e listras
e ironicamente também uma águia
ave de Zeus
a ser cantada pelo maior
poeta masturbador nudista
que já nasceu
I speak the pass-word primeval—I give the sign of democracy
I will go to the bank by the wood and become undisguised and
[naked
is this then a touch?
touch me—touch the palm of your hand to my Body as I pass
touch me baby

can't you see
that I am not afraid?
só muito tarde chega essa nova
invenção ao Brasil
mas rápido se tornou
seu favorito este país tropical
abençoado por um deus
(não disse qual)

houve também uma vez um ex-astrólogo
que tinha umas coisas
contundentes a dizer sobre o assunto
pelos gregos chamado
Drusípoulos porque
certo dia adormeceu debaixo
de um carvalho (que é o pau
sagrado a Zeus) e quando acordou
vítima de pegadinha divina
havia tido seu juízo irremediavelmente
acarvalhado pelo deus
e saiu se dizendo filósofo
(eram os tempos de Sócrates)
e que Aristófanes era um "comunista"
e chamando Lisístrata de "feminazi"
e mesmo depois de exilado
por medo que Atenas virasse
a certa ilha mítica de Kýba
como Atlântis
além do Oceano
não deixou de perturbar a pólis
e para explicar o causo
e o botânico verbete
eis que abrimos de novo
nosso *dissionário hetimomológico*:

"acarvalhar"

– fig. induzir ao erro enganar iludir ludibriar

de a- + O. de Carvalho + *-ar*

A democracia não é o contrário da ditadura; ela é a causa da ditadura. Pedir intervenção militar é aviltar-se perante generais que teriam a obrigação de intervir sem que ninguém lhes pedisse. Basta ver como a noção de direitos humanos é hoje utilizada para impor às pessoas novas formas tirânicas de controle do comportamento. A contrapelo da inclinação universal da natureza humana para fundar a vida social no amor ao próximo, o movimento revolucionário cria sociedades inteiramente baseadas no ódio, fazendo da unidade provisória inspirada no ódio a este ou àquele inimigo externo ou interno um arremedo satânico do amor. O que sei com absoluta certeza é que como construção intelectual o evolucionismo é um dos produtos mais toscos e confusos que já emergiram de uma cabeça humana – ou animal. Combustível fóssil é o cu da tua mãe! Não sou raivoso, mas eles adorariam que eu o fosse, pois a raiva emburrece e deixa a gente à mercê do adversário. São chupadores de pirocas intelectuais. Quando dormem, sonham que gozei nas suas boquinhas e que assim assimilaram profundamente o meu pensamento. Todo sujeito raivoso escreve naquele tom de pretensa dignidade ofendida que se infla e engrandece para impressionar e só consegue é cair no ridículo. Quer dizer que se eu mando um sujeito tomar no cu é por passionalismo? Ah, mas o que é que é isto, porra? Se você tem um cachorro, você o entende? Não. Vai entender a cabeça dum gato? Não. Mulher também não é pra entender. Muitas mulheres se tornaram lésbicas porque viram um pinto ereto antes do tempo. Imaginem a diferença que isso faz, por exemplo, na compreensão que você tem da Bíblia: a inteligência está nos bagos. Enquanto na psique normal a base da ação eficaz é a coerência entre consciência cognitiva e vontade, no sociopata é a separação delas que produz aquela desenvoltura, aquela liberdade, que lhe permite agir eficazmente onde o homem são seria detido por escrúpulos de consciência. Para além das ideologias há a ciência e a filosofia, e elas dão base suficiente para uma crítica supra-ideológica de qualquer ideologia. Conservadorismo significa fidelidade, constância, firmeza. Não é coisa para homens de geleia. O trabalho do povo é a espinha dorsal em que se apoia um corpo feito de geleia. Essa solidariedade no fingimento é a base do convívio brasileiro, o pilar de geleia sobre o qual se constroem uma cultura e milhões de vidas. Perto disso, que são os partidos "de oposição", senão castelos de geleia, trêmulos e prontos a desabar ao primeiro sopro do lobo petista? Qualquer brasileiro com QI superior a 12 sabe que as leis, neste país, são espadas de geleia brandidas contra o aço do esquema esquerdista dominante, respaldado na estratégia continental de Fidel Castro e em sólidas alianças europeias e asiáticas. Muitas carreiras de escritores, de professores, de jornalistas foram construídas inteiramente sobre esse alicerce de geleia. Aí veríamos que, entre a abolição da escravatura e os nossos primeiros passos para ingressar no moderno capitalismo industrial, na década de 30, decorreram nada menos de quarenta anos. Ou seja: os escravos libertos tiveram quarenta anos para multiplicar-se sem que a evolução da economia multiplicasse concomitantemente os empregos. Eles não foram expelidos dos empregos por serem pretos. Simplesmente não havia empregos. Que é que isso tem que ver com a discriminação racial? Vocês já viram um pinto humano? Eu jamais permitiria que alguém introduzisse na minha pessoa aquela coisa medonha, execrável salsicha viva que cospe. Daí a necessidade destas cartas de um terráqueo, modestas tentativas de trazer de volta ao nosso velho planeta uma nação perdida no espaço.

pobre Drusípolos
de infindável discurso!
imaginava-se um Sócrates
e enfrentaria feliz o perrengue
do julgamento e o drink de cicuta
enquanto chama seus adversários intelectuais
de filhos da puta
mas o destino – ***not with a bang***
but a whimper – foi mais mesquinho:
quando abateu-se a peste sobre a terra
descrente dos deuses duvidou
das setas invisíveis de Apolo
e alojadas no seu pulmão
privaram-no de todo consolo
até o seu último
suspiro

mas bem isso tudo vem
só muito depois porém
porque estávamos lembrem
ainda naquele tempo
em que se amarrava o cachorro da linguagem
com a linguiça mítica
e Zeus ainda era rei (atenção
ouvi! trovão
de um tapa
na bunda de Ganimedes)
e Momo passeava entre os olímpicos
o que não foi por muito
tempo pois logo viria a cair
arremessado de cabeça do etéreo céu
nove vezes o espaço que mede dia e noite
antes de se esborrachar no chão.

Intermezzo Primeiro

Liber Momorum

Cena: sótão da casa do Doutorando Fausto. *Há um altar montado com todo tipo de parafernália esotérica, no meio da qual se destacam, incongruentemente, um chapéu de bobo da corte e uma galinha de borracha. Diante do altar, há um círculo mágico traçado segundo as instruções da* Ars Goetia. Fausto, *em trajes cerimoniais, sobe as escadas, guiando o seu assistente,* Wagner.

Fausto
vamos – por aqui – não derruba não

Wagner
onde que é pra botar isso?

Fausto
ali em cima do altar

*(*Wagner *entra com uma televisão tela plana de 40 polegadas, vai devagar até o altar e a coloca no meio da parafernália)*

Wagner
me lembra de novo por que estamos fazendo isso mesmo?

Fausto
estudei com ardor tanta filosofia
direito e medicina
e infelizmente até muit—

Wagner
não
para

Fausto
...muita teologia
a tudo investiguei com esforço e disciplina

e assim me encontro eu qual pobre tolo agora
tão sábio e tão instruído quanto fora outrora!

WAGNER
não era o monólogo que eu queria
digo por que esta operação agora?

FAUSTO
eu preciso terminar o poema claro

WAGNER
e por isso...

FAUSTO
faremos a invocação de Momo
utilizando esta fórmula aqui

WAGNER *(lendo)*
Liber Momorum – publicação oficial dos A. A. – alcoólicos anônimos? – em classe D para o Grau de Asinus Magister – sendo o ritual empregado por Frater Pedicabo para a consecução do conhecimento e conversação de seu Santo Anjo Fanfarrão durante o Semestre de Sua realização da Operação da Magia Sagrada de Abramelão (o Mago)

FAUSTO
na verdade é um material dos Papiros Mágicos Gregos
livro XIII linhas 420 a 669
Pedicabo tomou com inspiração e acrescentou
"o significado dos nomes bárbaros
etimologicamente ou cabalisticamente
determinados e parafraseados em português"

WAGNER
não foi ele que ficou louco?

FAUSTO
claro que não
ele era louco muito antes
educação inglesa da era vitoriana faz isso

Wagner
"tu és ASAR UN-NEFER?"

Fausto
esta é uma das palavras bárbaras
cuidado pois há muito poder nestas fórmulas

WAGNER
tu és ASAR UN-NEFER? ("Eu mesmo tornado perfeito")
a quem nenhum homem viu a qualquer momento
tu és IĒ-IĒ ("a Verdade na Matéria")
tu és SAL SIPHU PHU ("a Verdade no Movimento")
(pausa)
o que é o "acrescente o de sempre"?

Fausto
aparece direto nos papiros
ninguém sabe
mas não se preocupe com isso

Wagner
beleza mas e isso tudo aí? *(gesticula na direção do altar)*
onde eu entro?

Fausto
nós seremos como Dee e Kelley

Wagner
isso é só um esquema para você comer minha mulher?

Fausto
tirando essa parte
você será o meu catoptromante
eu farei as invocações
e você me relata o que aparece

Wagner
certo mas e a bola de cristal
ou o espelho de obsidiana

Fausto
é aí que entra a TV desligada

*(*Wagner *revira os olhos, hesita, pensa em ir embora, faz que vai falar, mas termina apenas suspirando resignado)*

Wagner
vamos acabar logo com isso então

Fausto
perfeito
entra no círculo que logo começamos

*(*Favsto *acende as velas e o turíbulo com incenso e começa a fazer exercícios vocais. Após 7 circumambulações em torno do círculo, ele toca 11 vezes o sino, apanha a varinha e se posiciona no seu centro, enquanto* Wagner *vai à frente para poder olhar a TV.)*

Fausto
A Ti eu invoco, Ó Acéfalo.
A Ti, que zombaste da Terra e dos Céus.
A Ti, que zombaste da Noite e do Dia.
A Ti, que zombaste da escuridão e da Luz.
Tu és ASAR UN-NEFER ("Eu mesmo tornado Perfeito"):
A quem nenhum homem viu a qualquer momento.
Tu és IĒ-IĒ ("a Verdade na Matéria").
Tu és SAL SIPHU PHU ("a Verdade no Movimento").
Tu zombaste do Justo e do Injusto.
Tu zombaste da Fêmea e do Macho.
Tu derramaste as Sementes e os Frutos.
Tu deformaste os Homens para amarem uns aos outros (especialmente por trás) e odiarem uns aos outros.
Eu sou Ben Zoná, teu Profeta, a Quem Tu confiaste Teus Mistérios, as Cerimônias de Momópolis.
Ouvi-me, pois eu sou o Anjo PHALAPHEL: este é Teu Verdadeiro Nome, transmitido aos Profetas de Momópolis
(para Wagner*)*
vê alguma coisa?

Wagner

uma vaga névoa se agita à minha vista
talvez a entidade esteja acendendo um baseado

(a fumaça no palco se adensa, as luzes ficam estranhas)

Fausto

agora começam os nomes bárbaros
Ouvi-Me: –

AR	("Ó Sol que respira, que flui!")
THIAŌ	("Ó Sol IAŌ! Ó Sol Leão-Serpente, A Besta que rodopia adiante, um raio, procriador da Vida!")
RHEIBET	("Tu que fluis! Tu que vais!")
A-THELE-BER-SET	("Tu Hadith Satã-Sol que vais sem Vontade!")
A	("Tu Ar! Respiração! Espírito! Tu sem limite ou laço!")
LALALALALONG	("Tu Essência, Ar que Vaporiza rápido, Elasticidade!")
PI PA PA	("Tu Andarilho, Pai de Tudo!")
PARAPO	("Tu Andarilho, Espírito de Tudo!")
ŌOAUEAIŌ	("Tu Força Brilhante da Respiração! Tu Sol Leão-Serpente! Tu Salvador, salve!")
AEAEAEAE-EEEE	("Tu Íbis, solitário Pássaro secreto, Sabedoria inviolada, cuja Palavra é a Verdade, criando o Mundo por sua Magia!")
Ō Ō Ō Ō Ō Ō Ō Ō	("Ó Sol IAŌ! Ó Sol Leão-Serpente, A Besta que rodopia adiante, um raio, procriador da Vida!")

Wagner

as névoas se agitam e imagens se formam
vejo a noite primordial nascida antes do céu e sua vagina cósmica
expele um homem baixinho e calvo que sai rolando espaço afora
seu rosto como uma máscara de comédia antiga
preenche toda a minha visão
e eu sinto uma vontade súbita de rir

(soa um trovão, a fumaça se adensa)

ele avança pelo caos da criação em uma barca
certamente é como a barca de Osíris
e os elementos obedecem aos seus comandos
mas o mar se torna logo um mar
de excrementos
não compreendo o que vejo
raios se voltam contra ele
mas ele se esquiva e exibe
um amplo traseiro
em cujas bandas
da bunda está tatuada
toda a história da humanidade
quero desviar os olhos mas não consigo
Fausto
vamos parar por aqui

*(*Favsto *nega e repete as palavras bárbaras)*

Wagner

ele zomba de nós
eu vejo nossa biblioteca todos os seus livros
sendo tragados pelo seu ânus
acho que é um comentário
sobre o que fizemos com nossos estudos
quero desviar
o olhar mas não consigo mesmo enquanto
seu ânus se torna um sol ofuscante

uma música estranha preenche meus ouvidos
e eu sinto palavras surgirem
em minha boca
mas não sei o que significam

FAUSTO
não resista – deixa que elas fluam
deixa que eu anoto se forem qualquer mensagem relevante

WAGNER
(delirando)
mimi numinum niuium...

(a fumaça se adensa, as luzes enlouquecem, soam buzinas de palhaço)

WAGNER
mimi numinum niuium minimi
munium nimium uini muniminum
imminui uiui minimum uolunt

mimi numinum niuium minimi
munium nimium uini muniminum
imminui uiui minimum uolunt

(voltando a si)

Fausto – conseguiu anotar o que eu disse?
foi algo digno de nota?

(sem resposta)

Fausto?

(a fumaça começa a baixar, WAGNER grita horrorizado e sai correndo pela escada. Quando a fumaça termina de baixar, vemos que FAVSTO agora ostenta uma cabeça de jumento com uma cenoura na testa, como se fosse um unicórnio. Cai a cortina.)

Canto IV

ARGUMENTO:

o poeta reclama – Momo enumera suas críticas à obra de Zeus – a fábula de Esopo expandida – o mito das duas criações do ser humano – a visão de Ben Zoná – o concurso de poesia dos deuses – a "Ode eis Prokton"

quem dera eu ter a língua de chamas
que embora queimasse o céu
da boca e tornasse inviável
o cunilíngua
concederia à minha voz que xinga
pendores mais nobres – o dom
dé cantar fielmente em alto e bom som
os afazeres dos deuses
coroado em Arcádia ou no Parnaso

mas eis-me aqui em vez disso
na babélica São Paulo por acaso
a metrópole a necrópole construída
um palimpsesto
sobre o corpo e sangue dos seus mortos
eis-me aqui
debruçado sobre tabuletas e rolos
intérprete dessas letras
que escribas do passado gravaram
um mero comentarista
e bardo de segunda mão

aqui na argila de Ugarit
vemos Momo arrumando confusão
e depois seu verso transfundido
às liras da Grécia que Alexandre
espalhou aos quatro ventos

e de volta ao Levante
onde os rolos de algum estranho culto
guardaram essa fábula proscrita
em cavernas seladas e reabertas
apenas milênios mais tarde
por pastores de cabrita

o negócio é aceitar meu destino
e invocar agora
mais um poeta padroeiro
o T. S. Eliot mofino
mas célebre autor das canções
de *Cats* cantor dos feitos
de Skimbleshanks e Rum-Tum-Tugger pois:
sweet Tietê run softly till I end my song
no que como ele eu canto às doces
margens dos rios da minha cidade
às margens do rio Pinheiros eu sentei e chorei
com a voz remendada apalpando
meus próprios seios
de um Tirésias siliconado
ah Cidade Irreal
é numa necrópole um pouco maior que aqui
onde Momo se refugia após do Olimpo
cair
vejamos como foi que isso se deu

já disse uma fábula de Esopo
que Momo criticou que o humano
tenha sido feito sem uma janelinha
no peito que entredeixasse ver
seus planos e sentimentos
e assim seria tudo muito mais fácil
do que ter que usar linguagem
como qualquer casal já sabe
como um *está tudo bem*

significa tudo
menos que está tudo bem de fato
mas isso foi pouco foi bobagem
tem outras tantas coisas
nas quais Momo botou defeito

antes de tudo por que o apêndice?
essa bomba relógio
ainda mais naqueles tempos
pois ia milênios até que desse
para abrir alguém e esse alguém
não morrer
e mesmo hoje no Brasil
tem chances altas que você
morra de sepse
(mas pelo menos diferente dos EUA
você pode morrer de graça)
e imagine que coisa assombrosa um dia
estar bem e de repente (puta
que pariu) morrer
porque seu apêndice explodiu
e por isso era muito difícil
ser ateu naqueles tempos

e depois tem os pelos
grossos o bastante para
feder quando falta banho e juntar
piolho e chato
e fazer decorações ridículas
como bigodes costeletas depilação artística
e doer pra diabo pra arrancar
mas não o suficiente pra proteger do frio
ou ser bonito diz ele como
a pelagem lustrosa do cavalo

e que coisa inútil a unha
inútil nas mãos

inútil e feia nos pés
(que coisa horrenda o pé humano)
que vós tenhais dado Ó deuses
clitóris às mulheres
e próstata aos homens
mas também garras que
crescem como dentes de castores
mostra que será um dia glorioso quando
os arqueólogos descobrirem ser a lixa
a primeira das invenções humanas

e o que falar do pênis?
essa bomba hidráulica desossada
que sobe fácil no viço
e raramente na velhice
vulnerável à pressão sanguínea
que a tantos virá a matar no futuro
na mistura de Viagra mais
remédio cardíaco
e outros tantos nunca se reproduziriam
por terem
insuficiente o tamanho
orgulho dos que o mostram a quem não quer vê-lo
opróbrio
dos pobres que o escondem nas sombras
alimentando indústrias sinistras
perene motivo de angústia

(pelo menos não tem espinho
como o do gato
o que tivestes em mente Ó deuses
quando criastes o gato?)

e por falar em angústia
olhai o macaco
acaso um chimpanzé
em seu galho tem angústias?

ou um bonobo ansiedades?
nenhum gorila escreve romance frustrado
nem orangotango faz música de corno
então o que aconteceu
para tomarem o chassi primata
na montagem do humano?
que não voa ou corre ou mergulha
mas se enfurna
em negras cavernas
um macaco com neurose

e tinha o cu também sobre o qual
Momo tinha coisas a dizer mas
Zeus já não aguentando mais
proclama a Momo que se ouvisse
mais um αι que fosse
ia afundar o pé tão fundo
no rabo dele que seriam anos
até que nascesse um herói
como Hércules
com força pra que de lá
se arrancasse a sandália

óbvio que nada disso
foi obra de Prometeu: sabei pois
que as criações
do ser humano na verdade foram duas
a de Jove sendo a segunda
pois a primeira
foi na idade de ouro quando
ainda reinava Saturno
e foi Saturno quem tinha encomendado
com Prometeu a invenção
do humano
liberando vasto orçamento
para usar o melhor material

assim eram os humanos primeiros:
andróginos para que não
houvesse divisão homem mulher
e eram imortais como os deuses
e tampouco precisavam comer
pois não tinham ânus
porque feitos à imagem
de Saturno e o deus
porque devorava os filhos
e seria ruim que saíssem por trás
havia dado o seu à ninfa
Proctófora que o escondeu
infelizmente debaixo de uma pimenteira
de modo que quando o deus o buscou
ele estava todo ardido
e a ninfa castigada
foi transformada numa árvore de abricó
condenada a guardar cus
até aprender a fazer isso direito

os chineses de antanho conheceram esta gente
como consta no seu *Huainanzi*
que os inclui como um dos 36
povos do além-mar:
o povo sem ânus (30)

mas porque muito caros
feitos lentos
com todo esmero e cuidado
esses humanos eram poucos
e não se reproduziam
porque também foram feitos sábios
criança dá muito trabalho
e estorvaram Zeus
quando destronou seu pai
por isso resolveu criar também

seus próprios humanos
só que Zeus era pão duro
e mandou Epimeteu em vez do irmão
(que lembrem estava
ainda acorrentado)
construir pouco melhor que o animal
o novo ser humano
não do melhor material
mas barro
e o separou em sexos e o fez mortal
dando acabamento à obra coroando-a
com um anel
de couro no final
porque quis Zeus que assim seja
nas palavras
eternas de Olavo Bilac
o negócio é comer cu e buceta
este belo verso froto-alexandrino

Zeus sendo o tarado que era
(para ele até árvore teria cu
se ele as tivesse desenhado)
sempre aprovou orifícios adicionais
sem se incomodar com funcionalidade
daí tantos milênios se passando
indo no matinho
e cavando buracos perigosos
até que se inventasse o banheiro

e foi no sexagésimo nono ano no terceiro mês
quinto dia útil
que a mão do Senhor outra vez desceu a mim
e limpou a névoa de meus olhos
e disse: descerra as pálpebras Ó Ben Zoná
descerra as pálpebras sem medo
que as coisas que se velam mesmo diante

de tua face poderás ver agora
e eis
que eu desci à sala de verão
à sala de verão para cobrir meus pés
e enquanto tinha os pés cobertos avistei no canto
o demônio Bar Shirika Panda
era imenso com sete cúbitos de altura
e tinha a forma de besta horrenda
ainda que excessivamente dotada
de fofura
e entre as coisas que ele me disse constavam
seu nome e como
trazia o que era mau àqueles
que vinham desatentos à sala de verão
como os castigava com escorregões e carestia
de papel higiênico e graves entupimentos
e pragas de hemorroidas
isso ele me disse arrastando
as garras pelo chão as garras
das patas imensas de seu corpo de urso
que eram negras ainda que o restante do corpo
fosse branco e tinha também branco o rosto
e o negror de fuligem em volta dos olhos
e perguntei-lhe: se é livre todo espírito
das limitações da carne
entre todos que são os filhos
de anjos caídos por que
te apresentas nesta forma?
e respondeu-me Bar Shirika Panda:
pelo bem do trocadilho

(seus irmãos mais tarde também avistou Ben Zoná
Mish Shirika e Shir Irika Panda
que estavam sob outras formas)

mas de volta aos deuses gregos
todos eram cuzões todos sabemos
só que alguns se superavam
Febo Apolo sendo um deles lembrem
do mito de Midas sim o Midas do toque
de ouro que foi convocado como júri
(o que nunca acaba bem)
de uma disputa musical entre Apolo e Pã
e porque achou Pã o melhor
saponáceo Febo péssimo perdedor o castigou
com orelhas de burro
difícil não se solidarizar com Midas
porque Apolo ainda que às vezes acertasse
era insuportável

sou o olho com o qual todo o Universo
se vê e conhece sua feição divina
toda harmonia de instrumento e verso
é minha todo augúrio e medicina
blá blá blá digdin digdin sou foda

pois esse concurso não foi o primeiro
Apolo sendo o deus do sol
já demonstrava desde antes seu egocentrismo
e organizou um show de calouros divino
e porque esperava ganhá-lo
Pã se inscreveu
eis a origem da rivalidade entre os dois
Hermes também sendo ele
o deus que inventou a lira
e ainda as nove Musas obviamente
e Epimeteu que
dispensa comentários
trazendo no lombo sua invenção
da gaita de foles

mas a surpresa maior claro
foi a participação de Momo

fez-se no Olimpo grave silêncio
quando Momo subiu
cantando ao palco
seus versos terríveis que aqui
reproduzo em tradução portuguesa creditada
ao arquitradutor Pietro Nasseti
mas de autoria real do Cu-
-rioso Obscuro
a partir do latim de edição renascentista também
retradução do árabe medieval atribuída a Naharim Al-Qabir
mas que se perdeu
tendo traduzido o grego original
num metro que supõe-se pindárico
ainda que de um dialeto proto-homérico
de forte influência micênica
registrado em Linear C
já não mais acessível

(pigarro)

ΩΔΗ ΕΙΣ ΠΡΩΚΤΟΝ

(Ode ao Cu)

Ó Sol negro, poente entre duas colinas,
Resplandecente em frente ao nervo em riste,
Quem te há de desbravar? Sondar-te as profundezas,
O mistério mais íntimo que existe?
Como safira, ou ônix, ou uma ametista,
Encrustada no mármore glorioso,
Brilhas um brilho que é só teu, pois não te tange
O outro Sol sobre o zênite, invejoso.
Flor! Raríssima flor! Pois que uma só floresce
Em cada vale, vista só em nudez,

Nunca em qualquer campina, ou jardim, ou canteiro,
Também ausente em todos os buquês.
És uma flor, mas flor de outros tantos olores;
Em pomar nenhum colhem-se os teus pomos,
Que, quando folgam sobre as águas da urna ebúrnea,
Doces recendem, mais que os cardamomos.
Sim, doces são teus frutos, pois lembram que fins
Terão todos no abraço atroz da vala:
"Comeste a vida! Eis do seu sopro o que resta."
Por trás a boca diz; ninguém a cala.
Os peixes no mar, bestas e aves sobre os campos,
Plebeus e reis com seu poder fugaz,
Mulher e homem, quem mal nasceu ou já se vai,
Do pó ao pó, barro ao barro, gás ao gás;
(Para não falar nada do botão secreto
Que o dedo ou membro alcança só em desgaste,
Dor e imundície os custos do Paraíso,
E óleo lubrífico não há que baste)
Carne passando em carne, anos de labor
P'ra então cumprir seu derradeiro ofício:
Quando a hora chega, o âmago a escorrer nas pernas,
Liberta-se a alma é por esse orifício,
Nos portais espremida das pétalas suas
Antes de alçar seu voo em céu azul:
Flor raríssima e rica púrpura das pregas,
Oculta e delicada flor do cu.

...

•

...

.... *KATAPLOFT*

CANTO V

ARGUMENTO:
a queda de Momo – o tempo passado com Pã e Dioniso – seu refúgio no Hades – a era das tragédias – seu plano de fuga – seu encontro com o Trovejador de um panteão outro

nove sóis nove noites aos humanos
o tempo repartira enquanto rola
o espírito ridículo entediado
através o ígneo golfo já vencido
nove dias fazendo Sudoku
antes de se esborrachar todo

os olhos vazados as dores do parto
nasce a tragédia
diz Nietzsche da dor
do infante Dioniso espedaçado
pelos Titãs em seu berço
(que coisa feia Arnaldo Antunes)
e como se pode esperar
de um filólogo alemão da época
isso não é bem fato
sabemos agora onde o bigode errou:
começam as tragédias na verdade
quando cai Momo
dos céus precipitado de cabeça
e se refugia onde o sol não bate

primeiro tal qual homem
recém-divorciado
ele passa uns tempos nos sofás de amigos
Pã monstro-festivo
e o próprio Dioniso
os deuses é bem verdade

gostam de coisas nobres
pomposas
daí o tom dos hinos
Hederícrine Dioniso magnifremente começo a cantar
de Zeus e de Sêmele magnissigne o esplêndido filho
que em nada lembra a cena

acordando de magnirressaca duas da tarde
plena quarta-feira
(esta novidade aqui embaixo
existir o tempo)
agarrado à garrafa de vinho
o pé calcando uma caixa de pizza
magnissebosa
sem a menor condição
Mênades de mãos sujas de sangue
empilham-se roncando com várias
carcaças de bicho no chão

eu tô muito velho pra isso
Momo pensou
vivalma nessa porra lava louça
e Pã nem teto tem
vai ser uma lambança se chover
mas ele não liga claro
é uma das raras oportunidades
pra ele tomar banho

e eu juro
se eu ouvir essa flautinha mais uma vez...

um apartamento
(quem deu o feliz aviso foi Hermes Mensageiro)
dentro do seu orçamento
que como deus menor
não era dos mais folgados
Momo procura e encontra

o único problema: a localização
não tem sol aí tem que cuidar com o mofo
e a vista é para o Flegetonte
o rio Pinheiros do inferno

seus irmãos filhos da Noite
Sono e Morte e Velhice e Miséria
que moram no portão infernal
o famoso umbral
o observam
linda reunião de família

os deuses é bem verdade
gostam de coisas nobres
pomposas
por isso foi um alívio quando o Ridículo
se ausentou do mundo
enterrado fundo no reino dos defuntos
essa idade séria
foi a era da tragédia
pois como diz o hermeneuta
toalete em tragédia existe apenas
pra Agamêmnon ser assassinado na banheira

então todos os dias
com sua van cheia de sombras
desce Hermes Psicopompo
o Perueiro
e porque nada tem para passar o tempo
(que horror o tempo)
observa-o Momo
recebe os recém-chegados
vem cá puto de merda sem vergonha
de que enfim viu-se o mundo aliviado!
e uma vez por semana aos domingos
ele vai à saída dar um passeio
pegar uma vitamina D

um pior que o outro
os recém-chegados
e bem
ele bem que avisou

chega Licáon o lobisomem
Hermes o leva na coleira
castigado porque quis testar o conhecimento
dos deuses servindo-lhes
a carne de um de seus filhos
zomba Momo a sombra
se preparasse melhor a carne
talvez o tivessem perdoado
mas carne humana é muito difícil de acertar o ponto

por seu crime toda a terra pagou
Zeus manda o dilúvio
as cargas seguintes da perua
trazendo almas ensopadas

então veio Ixion o primeiro
assassino de um parente
na mitologia grega
o que mostra que os gregos eram muito pacientes
se compararmos com Caim e Abel
a segunda geração da humanidade literalmente
o que talvez (*oy vey*)
seja um comentário sobre nossas relações familiares
mas enfim Ixion
realmente não prestava e quando
Zeus teve pena e levou pra casa
ele tentou comer sua mulher
e só de sacanagem Zeus criou uma boneca inflável
feita de nuvem e deu pra ele comer
que é a origem dos centauros
só depois meteu-lhe um raio
e ei-lo aqui prestes

a ser amarrado na roda em chamas
e obrigado a sofrer com Momo
girando-a e dizendo
que espera ganhar um Ludódromo
(um Playstation
em bom português)

depois vem Sísifo
aquele que se fu-
-deu
chegando algemado pra garantir
pois repetidamente fez a morte de trouxa
primeiro prendendo Tânatos nas próprias correntes
que devia ser meio carente
pra cair num golpe desses
afinal seu trabalho é o mais ingrato
depois tentando dar um golpe burocrático
não sendo enterrado
e agora lá vai como castigo
rolar a pedra morro acima até o fim dos tempos
irônico considerando
que Camus diria essa ser a condição de toda humanidade com
[o que ele quer dizer a humanidade moderna
[claro
e assim se Sísifo não suportava
pressupor um dia sucumbir à morte
tanto pior é continuar a existir
como se tivesse vivido até hoje

Tântalo é o próximo dos mortos infames
não contente em ter roubado
comida e bebida dos deuses
como quem rouba salgadinho de festa de criança
ele ainda revelou aos mortais seus segredos
e os recebeu em casa com um banquete
em que cozinhou o próprio filho

Deméter a deusa dos cereais foi a única
que não percebeu a atrocidade e comeu
o ombro do rapaz
pobre Pélops ressuscitado
com um ombro postiço
e Tântalo atirado no Tártaro
onde passará fome e sede eternidade afora

linhagem amaldiçoada Pélops
teve os filho Atreu e Tiestes
muito drama depois estilo Casos
de Família
Atreu matou não os próprios filhos
(ufa)
mas os de seu irmão (ah)
e os cozinhou também
a essa altura eles já tinham aperfeiçoado a receita
e Tiestes só descobriu porque ele contou
e aí faz um filho com a própria filha
porque o oráculo mandou
e esse filho é quem mata Atreu
e é por isso que Menelau é o maior corno da literatura
porque os gregos tinham obsessão
com picadinho de criança

no meio disso tudo
a terra se abre e desce Anfiarau
em plena guerra de Tebas
cujo nome quer dizer duplamente maldito
pois *muito gente fina* eram os seus pais
descendo com seu carro
e cavalos e tudo
sem ninguém entender nada
inclusive ele próprio
o inferno conclui Momo
é muito menos tedioso do que o esperado

mas um dia
enquanto espera descerem as almas
o Psicopompo para Momo de lado e lhe conta
que funestos desígnios concebera Zeus
feliz com sua estadia infernal
que do mundo ocultou todo ridículo
os banheiros há tempos sujos apenas de sangue
o Trovejador quer uma solução mais permanente
e agora
tocaia nas nuvens e binóculos a mão espreita
e assim que Momo puser o pé pra fora
vai atingi-lo com um raio tão forte
mas tão forte
que vai ficar o gosto
metálico na boca
o resto da sua eternidade
preso ao Tártaro

ouvindo isso Momo já se atira no chão
rasgando as roupas jogando
pó na cabeça
(eram dramáticos os antigos)
mas diz Hermes: calma cara
tem uma solução
(Momo o ouve atento
limpando fleuma do nariz)
Orfeu ficou famoso por ter descido até aqui
e agora todo poeta também quer
amanhã vem Filobdesmo o Celibatário Involuntário
como revela seu epíteto
ele nem viúvo é
mas nutre a esperança
de se dar bem com uma defunta
é meio doente mesmo
mas eis tua chance

Momo se levanta e começa a pensar
e *espera aí*
ele conclui algumas coisas
dirigindo a Hermes as seguintes
palavras aladas:
pois se minha vinda aos infernos
faz parte dos planos de Zeus
e você que é filho dele
me arranjou este lugar
por que me ajuda agora?

Hermes deus do comerciante
tanto quanto do ladrão
apenas sorri e diz:
eu quero mesmo é ver o oco

e assim esperou Momo
que Filobdesmo viesse e ele de fato
veio tocando a lira
cantando seus belos versos

no alto daquele cume
plantei uma roseira
o vento no cume bate
a rosa no cume cheira

ele passou pelas almas dos insepultos
pela barca de Caronte
deu três biskroks a Cérbero
e correu pelos campos de asfódelos
tomou cuidado para não cair no Estinge
e pior ainda o Flegetonte em chamas
seguiu furtivo pelos juízes
e enfim galgou as escadas do palácio de Hades
o tempo todo cantando sua canção

quando vem a chuva grossa
a água do cume desce

o barro do cume escorre
o mato no cume cresce

Momo assiste e imagina
que ele deve ter alegrado o coração do rei
das terras tristes
porque saiu de lá com uma loira seguindo-o
e nosso herói já estava pronto
salto 15 e maquiagem carregada
peruca de kanekalon e vestido florido
dizendo então
no que agora eu fujo
que se crie a carnavalesca tradição
(sim este é um conto etiológico)
do bloco dos sujos

assim que os dois passaram por ele
desculpando-se Momo empurra a pobre alma no Cócito
Filobdesmo estranha e quase
vira pra trás pra olhar
mas sabe que se olhar tudo estará perdido
por isso segue em frente
ignorando o *tchibum* e o grito
estridente

Zeus observa enquanto o casal emerge do inferno
a loira dá um beijo babado de Pernalonga no poeta
e começa a correr
o pai dos deuses que tem uma tara
por perseguir ninfas
sente aquela vontade de descer
e correr atrás dela
mas se atenta à tocaia
e espera
e espera
e segue esperando

tarde demais percebe o ardil
Momo já se encontrava muito muito distante

ele correu correu correu
e as praias foram enfeiando
e o tempo foi fechando
e a comida foi ficando sem graça
devo ter ido muito longe pensou Momo
estou quase na Ruthenia de Pindorama
quando avistou

um homem louro
um homem alto
um príncipe dinamarquês
num vestido de noiva manchado de sangue
imensa marreta na mão

retornava Thor da Terra dos Gigantes
onde mocaram Mjollnir seu martelo
e de donzela lá disfarçado ele divagou
fingindo ser Freya formosa
com quem queria Trhym casar-se
o gigante sórdido em sua solidão
mal distingue a deusa do dom do amor
de um brucutu que brabo iria brutalizá-lo
varado com violência antes de levantar o véu
da frotesca noiva e não sobra ninguém
a chacina feita ele foge e agora fitam-se
ambos de vestido o varão e nova vítima

mal se mexe Momo medroso
e pensa num plano à prova de porrada
"desconhece-me este deus e meus dotes pra destruição
metendo o louco logo talvez eu o logre"
suando em bicas então berra "ei seu bunda mole"
mal pôde pestanejar que quase virou prego
sua boa fortuna é que é fácil ferir um gigante

mas pra Momo baixinho falta melhorar a mira
atirando-se ao chão trisca Thor sua peruca
e afinal ele conclui
melhor picar a mula
e largar este verso aliterativo

(é como tentar correr
com a calça arriada)

Momo falando nisso
se despe enquanto foge
tirando o vestido e a meia calça
e a calcinha atochada
(muita dedicação à farsa)
e passando o demaquilante
destarte Thor Throvejador
não o reconhece e o perde
na multidão

assim o deus fujão
logo se mete num barco
cheio de nórdicos comendo rollmops
montando seus próprios móveis
a cruzar o mar cor de vinho
ele pensa estar seguro quando
um raio quase atinge a nau
e de novo
e mais uma vez
por pouco não se destrói a nau
e eis que enfim
os loiros entendem o recado
e fazem o que se fazia naquela época
que é tirar no palitinho pra ver de quem é a culpa

Momo claro tira o palito menor
mas antes de ser atirado ao mar
amaldiçoa esses bárbaros

seu bando de cornos
e é por isso que hoje os vikings
são imaginados com esses adornos
dos chapéus de chifre

assim encerramos este canto
correndo os loiros pra salvar a nau
o estrangeiro andando na prancha
de pronto engolido por um bacalhau

Canto VI

para o André Capilé

ARGUMENTO:
Momo acorda em Cádis e foge pelo Caos para o Novo Mundo – o Pássaro Trovão o descobre e ele foge para a América do Sul – a travessia da Sucuri – de novo o dissionário hetimomológico *– Momo chega à África – Momo foge para a Austrália e a Ásia – sua chegada exausto aos portões de Ugarit*

quando acorda Momo
todo vomitado sem ideia
de onde está
até pensa ter voltado
ao pânico sofá (era o mesmo
cheiro) mas
vendo no horizonte
os Pilares de Hércules ele logo se toca
o peixe gigante deve me ter
trazido aqui e devolvido
à praia – não sabia Momo
era o bacalhau norueguês
ninguém menos que Loki
pois Logro e Ridículo sempre andam juntos

Cádis o nome da cidade
também chamada Gadir ou Agadir ou Gadeira
fundada pelos fenícios em tempos imemoriais
seu deus era Melqart identificado
com Hércules logo
era preciso fugir antes que ele o visse
e avisasse o papai

Momo nem pestaneja
com algumas árvores faz uma jangada
e se atira ao mar
seu destino os limites do mundo

sua jangada passa o Estreito
de Gibraltar além
dos domínios de Poseidon para os de Oceano
e além ainda para
os jardins das Hespérides
e a ilha de Gerião
o Ridículo claro desconhece limites
e Momo logo descobre
Ó revelação insana
enquanto despenca de uma improvável cachoeira
que a terra era
realmente plana

descem Momo e sua jangada
pelo desfiladeiro cósmico
atravessando o caos
da matéria que sobrava desorganizada
da criação
varrida debaixo do tapete pois deus nenhum
sabia o que fazer com isso
ele tenta seguir em frente
mas seguir em frente é recuar
ele dobra à direita
mas a jangada vira à esquerda
ele segue caindo
mas de algum modo sobe
puta que pariu que caralho
ele grita enfim frustrado e um caralho
no ar se materializa
que merda é essa?
ele reage e o mar pronto

vira um mar de merda
Momo assim entende a mecânica do caos
infelizmente não sem antes acabar
todo lambuzado
chega! faça-se
agora um mar de mel
e assim lega mais uma contribuição
aos homens que desde então
praguejam e destilam fel
evocando fezes e falos
que se tornam doce em seus lábios

eu quero terra firme
ele grita enfim e um túnel
vai se abrindo

Momo não reconhece as praias
a que chegava
mas sabia que não eram gregas
nem europeias
nem orientais
que povo era aquele? nem ideia
Momo deita na areia
e se permite um respiro um
momento de trégua

ele para e acende um cigarro
que ele mesmo inventa porque
neste novo mundo existe o tabaco
e ele tinha um livro de poemas no bolso
junto com os avisos
de que fumar causa derrame
e enfisema pulmonar
e impotência sexual
avisos que ele mesmo pode ignorar
pois é um deus

e lá também existia amendoim
e milho pra cerveja

mas a paz não dura
muito porque logo o tempo fecha
não há descanso para o ímpio
cumulando nuvens pretas
Momo pensa em só terminar o trago
antes de procurar abrigo
contra o vento no litoral
que se torna mais violento
e vai *levando tudo embora*
inclusive seu cigarro

olhando pra cima vê as nuvens negras
contra as quais destaca-se
uma forma luminosa
e a divindade o Pássaro-Trovão
quase o fulmina com um raio
do bater de suas asas

não há descanso mesmo
e mais uma vez Momo parte em disparada
ô caralho de asa
Momo corre e procura abrigo
completamente descrente
de estar sendo perseguido
não era possível que Zeus
o tivesse ainda em sua mira

em fuga entre os raios
ponderando as relações
entre os panteões
Zeus como o deus dos trovões
a ser sincretizado com Júpiter
que governa as quintas-feiras
e com o cabelo descolorido

é Thor em suas Thursdays que saco
e o pássaro vejamos que dia
é esse – BUM
(Momo cai num buraco)

torce o pé mas dá graças
que lá pelo menos não poderá
ser fulminado
uma mão peluda o puxa
buraco adentro
Coiote o Malandro
apronta com ele o clássico
vem comigo se quiser sobreviver

segue a dupla em silêncio
pelos intestinos da América
os céus são domínio ele explica
entre cochichos
do Pássaro-Trovão
aqui embaixo reina o Grande Lince
acho que ele você ainda não irritou
mas vamos com calma para não despert–

e óbvio que Momo nesse momento
se atrapalha e pisa em seu rabo
o ganido ecoa pelas paredes de pedra
e no que a terra começa a tremer
eles se veem forçados a fugir
Momo tenta acompanhar seu cicerone
que foge emputecido
Momo o atropela
e pisa no seu calcanhar
e ele logo percebe o erro
que foi querer guiá-lo

Coiote procura uma brecha
e o leva a um caminho por onde o despacha

e diz: saindo daqui pode escapar
por um outro buraco sobre o qual
correm os búfalos
e quando um búfalo passar
você se agarra na pelagem
e fugirá incólume rumo a Mēxihco
a Terra do Umbigo da Lua
ou Terra do Centro do Agave
os hetimomólogos ainda não sabem
lá outro deus maneja o trovão
e talvez você tenha mais sorte

Momo já o respondia com um obrig–
quando levou um pontapé no traseiro
empurrado de volta à luz

ele faz como lhe foi dito
e como um bom europeu
em férias no Novo Mundo
chega na maior fedentina
e completamente imundo

Tlaloc é lá o mandachuva
porém Momo desta vez passa incólume
pois a máscara o atrapalha para enxergar
e os raios são jogados a esmo

correndo mais ao sul
outro deus o aguarda agora Tupã
e Momo encontra o país ainda
bem diferente
era o tempo em que os animais falavam
e a onça ainda detinha o fogo
tudo logo mudaria mas Pindorama
ainda não mas em breve
país da piada pronta
manteria a tradição por muito tempo

às margens do Amazonas
Momo crê ter voltado ao Oceano
e encontrando uma sucuri
logo bola um plano
para atravessar as águas
ele acende outro cigarro
o que lhe chama atenção
te dou um maço desses
se você me levar em sua boca até
o outro lado deste rio

opa é agora
responde a sucuri
que a cobra vai fumar
(de novo este é um conto etiológico)
e feito o acordo a dupla
partiu por água abaixo

num trecho do rio a água agitada
e barulhenta movia
os pedregulhos
lembrando os famosos Cila
Caríbde e Rochedos Errantes
e Momo perguntou como isso se chamava aqui
pararaca disse a sucuri

mais adiante um grupo de anfíbios
lembrava sapos de pernas finas
e Momo perguntou como isso se chamava aqui
perereca disse a sucuri

mais adiante num trecho
havia muitas cachoeiras
e Momo perguntou como isso se chamava aqui
piririca disse a sucuri

e mais adiante ainda à margem
um povoado indígena fazia

torresmo de porco-do-mato
e Momo perguntou como isso se chamava aqui
pururuca disse a sucuri

por fim chegava a dupla
ao violento encontro do rio com o mar
e Momo antes de perguntar
como isso se chamava concluiu:
isso é a pororoca né
e a sucuri sorriu

e mais uma vez é hora
de abrirmos nosso *dissionário hetimomológico*
a fim de nos libertarmos do fardo
da ignorância e das ideias de jerico
consta entre os sábios mundo afora
os doutos Ramos, Bernardo
da Silva & Chovenágua, Ludovico
além daquele que incorpora
o anjo Momoroni e funda
a religião dos Momórmons
teria a américa recebido
a visita barafunda dos povos
fenícios famosos navegadores
trazendo consigo seu idioma
e é assim que funciona:

sua base são séries de consoantes
as raízes semíticas
já com algum sentido ao qual se soma
o alento das vogais
feito o sopro divino ao humano barro
a criação como nos rituais egípcios
à base do escarro

e consta entre os doutores
a sequência pê erre erre

tem a ver com esfarelar

daí em hebraico o verbo *parar* (פָּרַר)
com esse sentido
por isso variando as vogais
variam-se as palavras
A negro E branco (está escrito)
I rubro U verde O azul

a força da pararaca e pororoca
e piririca *esfarela* os barcos
enquanto a pururuca esfarela
na boca
e a perereca bem
a perereca ninguém explica

vocês também hão de reparar
que as cores estão trocadas
o E é branco mas a perereca é verde
e a pororoca é escura não azul
a isso também elucida este velho alfarrábio:
é porque as coisas funcionam
diferente aqui no hemisfério sul
ah como é bom contar com a erudição dos sábios!
mas agora chega

enfim conta a lenda
que um peixe vira Momo dentro da sucuri
no que ela deslizava pelas águas
e vendo-o aninhado lá teve o peixe
uma ideia pois todos
os outros peixes tinham um diferencial
um jenesequá
e ele ainda muito miúdo
não tinha nenhum
e no entanto eu me sinto
ele pensava *destinado à fama*

tal a origem do candiru
pavoroso peixe que penetra o pinto

Momo cumpriu sua parte do acordo
mas a sucuri não tinha mãos
para acender o cigarro
e sentindo-se traída
(sucuris não são famosas
por serem razoáveis)
ela deu o bote

pois Momo pegou então o bote e fugiu
Oceano afora

(uma pausa para meus leitores
deixarem a raiva passar por essa chacota
ter metido neste trecho tão lírico
uma piada tão velha e escrota)

após muito remar
Momo começa a ver terra firme outra vez
onde estava? de novo não sabia
um rio desaguava no mar
e Momo leva seu bote às suas águas
mãe Iansã
sentia como se alguém puxasse
as barras de sua saia
e quando viu lá estava ele

explico: Momo chegava em seu afã
ao rio Niger na Nigéria
mais conhecido como Oyá
outro nome de Iansã

ele mal tem tempo de engolir seco
quando a rainha da tempestade
o cata pelo cangote e diz
pois você tem muita cara de pau sabia

eu poderia fazer o que nenhum outro deus fez
e te fulminar agora
mas os Orixás são misericordiosos
faz um ebó aí pra mim
que estará quitada sua dívida

como eu faço isso?
indaga-se Momo
e ela responde
te vira meu branco
que eu já estou sendo boazinha demais contigo

Momo sai e vai atrás
de como preparar um ebó
ele já conhecia a lógica do sacrifício grego
tão belamente exposto por Hesíodo:
pôs carnes e gordas vísceras com a banha
sobre a pele e cobriu-as com o ventre do boi
ali os alvos ossos do boi com dolosa arte
dispôs e cobriu-os com a brilhante banha
não deveria ser difícil

na encruza encosta Exu
e lhe oferece ajuda
mas não de graça
mizifi se assuncê
quer que alguém te explique
como faz esse ebó
que assim ela não vai
comer assuncê com angu
eu te ajudo mas lembra
que em toda festa quem come
primeiro é Exu

ah pronto alto pensou Momo
era só o que me faltava
aqui até pra sacrifício existe imposto!

Ó Hermes Afer
(Momo estava prestes a cometer
o erro de principiante
de todo estudante
de religiões comparadas)
tu és o deus do comércio
mas também dos ladrões
por isso eu te digo e bato o pé
e desafio a sua lei
não pagarei!
(não há de surpreender ninguém
o Anarcocapitalismo ser mais um
dos bastardos de Momo
nascido neste exato momento)

responde Exu que *tudo bem*
eu vou deixar assuncê
mas de bom coração
fica com este conselho:
Iansã muito tempo atrás
uma plantação de abóboras salvou sua vida
e desde então em gratidão
ela não come abóbora
ṣaravá!

mas Momo era muito esperto
e conseguia enxergar o ardil de Exu
assim procurou uma plantação
de abóboras e a incluiu
como ingrediente em tudo no ebó
até acarajé vegano
com abóbora Momo fez
e chegada a hora lhe ofereceu

diante dessa patacoada ela
só pôde olhar com as mãos
na cintura e a expressão de

puta que pariu hein
eu estou quase perdoando porque
uma burrice nesse nível
quase não compensa castigar
afinal você gringo não
tinha como saber minha quizila

ah não dona ele responde
quem me contou foi Ex—
e só no que as palavras
deixam sua boca que ele se dá
conta da cagada que fizera

furiosa ela acende uma fogueira
na força da raiva e começa
a recitar encantamentos
Momo que era meio besta
mas não era louco sabia
que era hora de dar no pé
e se esconde na moranga
de uma das abóboras que usou pra cozinhar

Iansã refreia os raios
não pode se esconder aí pra sempre
ó covarde

e *é aí que você se engana*
meu apartamento no Hades não era muito maior

mas Exu logo resolve a questão
e com um chute manda
Momo e a moranga
pro raio que o parta

rolando céu acima e céu abaixo
Momo logo reconhece as lendárias
águas do Nilo
maravilha

cheguei no oásis sua ordinária
estou todo molhadinho!

lá ele sabia que estaria seguro
pois o Egito não tinha
um deus só de tempestade e trovão
Set cumpria esse papel
mas não era uma presença assim
muito bem quista no panteão no geral
e Resheph só viria a ser trazido
pelos povos semitas
dali a alguns anos

foi assim que ele fez fama
no Egito como o deus anão Bes
que tinha charme pra dançar
bonito e os males espantava
cuja pentelhação
nem cobra nem demônio suportava
e por isso todo o povo
tinha em casa sempre
belas imagens do deus

quando os semitas enfim trazem Resheph
Momo já tinha preparado um barco
para atravessar o mar vermelho
e fugir para longe

e para longe ele foge
pelo caos rumo
às terras ainda mais estranhas
da Austrália e Polinésia
onde o aguarda o deus Mamaragan
infelizmente este canto
muito já se estendeu
e todo mundo já entendeu
e por isso vamos terminá-lo passando no *fast-forward*

Momo chega à Austrália onde é de pronto recebido pela seguinte horda de animais águas-vivas do tipo cubomedusa vespas-do-mar e irukandji que são quase impossíveis de ver de tão diáfanas mas cuja queimadura ou te mata ou te faz querer morrer além de polvos-de-anéis-azuis e caracóis-do-cone que também são terrivelmente venenosos e o tubarão tigre e o tubarão-cabeça-chata o mais agressivo do mundo e em solo a taipan peçonhentíssima a pseudonaja e a simpática cobra da morte e a aranha de teia de funil até a porra das árvores querem te matar tipo a gimpie gimpie de folhas recobertas de agulhas de sílica com toxinas que causam dor excruciante pior que urtiga para passar no cu ô diabo de lugar infernal Momo nem precisou esperar Mamaragan levantar-se de sua poça para manejar o raio e já foi embora o mais rápido possível rumo ao Japão onde nenhum bicho é tão perigoso que não vire filé e lá os deuses Raijin e Fujin que guardam as tempestades e os ventos o aguardam mas a fama de Momo o precede e esses deuses sabiam já que nada de bom viria do contato com o ocidente então Fujin sopra e os ventos levam o barco de Momo ao continente aportando na China e começando sua maratona fugindo de Lei Gong que bate forte o tambor nos céus enquanto sua esposa (eu quero *ti-ki-ti-ki-ti-ki-ta*) tenta cegá-lo refletindo a luz com seu espelho até chegar na Índia onde Indra maneja a temida arma do vajra o raio feito de diamante e Momo segue correndo ainda até a Rússia onde dribla o temido deus eslávico atmosférico Perun e dando a volta por Cólchis onde Jasão buscara o velo de ouro passando por Troia em plena guerra para chegar cansado esfarrapado e todo fudido ao monte Zafon em frente aos portões do palácio do deus El de longe notável por sua música alta e fumaça de churrasco no que se dissolvem as forças dos seus joelhos

(mão de coxinha)

e caddi come un corpo morto cade

CANTO VII

para a Maíra dos Anjos, com amor

ARGUMENTO:
Momo é confundido com El e acolhido em seu palácio – o jogo de sedução entre Momo e Ásherah – essa porra desse dissionário hetimomológico *mais uma vez – a conversa pós-coital – a fuga ao deserto*

por seu peito pesaroso
passa a hipótese de estar morto
enfim capturado entregue
aos grilhões do Tártaro
para uma eternidade em companhia
do tudo de pior da mitologia
Sísifo Tântalo e os Titãs
o Capital Inicial e o Kid Abelha
(Paidíon Mélissa em grego)
além do horrendo monstro Tifeu
que outrora fizera picadinho de Zeus
imagina
um cara desses como colega de cela

desmaiado
dois deuses encontram Momo
e a um suntuoso banheiro o levam
onde o despem e lavam
reclamando
desta vez ele se superou
nunca o vi tão sujo

dizem enquanto o submergem na água
ensaboam os pés encardidos as pernas o ventre
e os sovacos ardidos

ungindo-o com óleos
de mirra e olíbano
nem me fale
trabalho ingrato do caralho
a Rainha vai ficar putaça

quando Momo acorda
ele estranha: macia demais a cama
para o Tártaro
os lençóis de linho egípcio
tudo perfumado
trajando purpúreos
robes de seda
ele mal tinha acordado e sem
a menor ideia do que está
acontecendo mas gosta
do que vê à meia luz
em toda sua glória
Ásherah a Rainha dos Céus

sua visão de pronto restaura
a vida em seus membros
pois está escrito em nosso
dissionário hetimomológico
morte em latim *mors*
opõe-se a amor
pelo prefixo de negação *a*
também aaaaaa vogal prolongada
na hora do êxtase
que assim gasta e exaurida
reverte ao irmão sono
de pequena morte que se abate sobre os amantes
por isso vocês podem desde já
ver aonde isso vai dar

ela se aprochega
e num tom suave

uma longínqua disco music
sussurrada lhe diz
ele parece-me ser par dos deuses
esse homem que à tua frente agora
se senta e bem de perto à tua fa-
la doce atenta

quem o quê?
como assim parece par dos deuses eu sou um d–
aaaaah
Momo pensa e logo entende
o jogo da sedução que ela está jogando
pois se a safada lhe vem com Safo
que como ele é grega ele replica
com o melhor da poesia semita
como és bela minha amiga
como és bela teus olhos quase pombas
a uma égua entre as bigas do Faraó
já te comparei   minha amiga

muito bom Momo muito bom
ela te compara a deus
você a compara a uma égua
e ainda chama de *amiga*
mas ela nem titubeia e emenda:

me dá mil beijos e outros cem
e mil depois e cem mais
outra vez e uns outros
mil e cem depois
misturando tudo então que
nem nós tenhamos conta
que ninguém possa invejar
tantos beijos

pedicabo ego et não
espera esse não é bom

me chama minha doce Ipsitila
não esse também não
deixa eu pegar outro mais bonitinho
vamos então de Horácio
que é mais fácil
miseráveis as mulheres que não gozam dos amores
nem diluem sua dor em vinho doce mas receiam
tios de línguas fustigantes

(perfeito pegou a deixa
e ainda amarrou
tematicamente
agora vai!)
Momo esfrega as mãos
mas ela o pega
de surpresa:

amada vida: a dádiva de ser de Túlio
a única paisagem inumerável única a seus olhos
é o que pede o poeta à amada vida   que importa
a Túlio o contemplar os frutos romãs ou mesmo
rosas se por amor a ele me transmuto e posso
a um tempo só ser flor e fruto e além do mais
poeta prodigiosa?

mostrando-se um profundo *connoisseur*
atemporalmente dos clássicos atemporais
Momo no embalo da temática frutesca
retruca:

pele macia é carne de caju
saliva doce doce mel mel de uruçu
linda morena fruta de vez temporana
caldo de cana-caiana
vou te desfrutar

e na pegada do cancioneiro nacional
ela canta sem igual:

a gente faz amor por telepatia
no chão no mar na lua na melodia
mania de você
de tanto a gente se beijar
de tanto imaginar loucuras

mas ele infelizmente
já gastara seu lirismo e nervoso
responde com

dedo língua cu e boceta
dedo boceta língua e cu
dedo na língua língua no dedo
cu na boceta boceta no cu

e esta é a origem
de como todo homem
que não é muito bonito
nem forte ou artista ou rico
acaba recorrendo ao talento
de fazer as mulheres rirem
pois assim foi Ásherah conquistada
e achando graça atirou-se
sobre Momo
que ainda tinha guardado um
para ensinar-te eu me desnudo antes
mas quem se despiu primeiro
foi ela
e o resto quem não sabe?

acordando do cochilo pós-coital
pode o casal enfim conversar
afinal é muito difícil
ter um papo franco enquanto
o pau está latejando
Momo tem sentimentos
conflitantes e não entende

o que está acontecendo
mas também não reclama

Ásherah deitada em seus braços
finalmente explica a situação
todo mês meu marido o rei El
grande patriarca dos céus
dá um churrasco em que todos
são convidados
só que moderação não é virtude digna dos deuses
e ele bebe demais
e desmaia e dá vexame
de longe ele parece contigo
por isso quando te encontraram
desmaiado
nas portas do palácio
tomaram-te por ele e te trouxeram pra dentro
eu mesma porém não fui enganada

(o que é um alívio para o autor
pois bed trick em pleno século vinteum
pegaria muito mal)

pois que mulher não reconhece
o próprio marido?
em todo caso foi-lhe merecido
e é assim com chifres
que o deus ficará conhecido
agora você precisa ir

Momo sente-se um pouco usado
e protesta pois como assim
ela não quer saber quem ele era pelo menos?
ela lhe concede que conte sua história
mas seja breve pois
se os outros deuses o encontrarem...

Momo apanha uma lira e recita:
no princípio sabemos não tinha Terra
nem Céu ainda formados
só o Caos que surge
quando o universo incriado
blá blá blá
oculta e delicada flor do cu

três cantos depois ele conclui sua odisseia
mas Ásherah dormira outra vez
talvez seja melhor assim
eu não gosto de despedidas

ele beija seus lábios de leve
e sai na pontinha dos pés
no que nasce mais uma infame tradição
que os trovadores por séculos cantarão:

enquanto o rouxinol
canta que nasce o sol
nós rolamos no rol
eu já me ia
quando berra o vigia
"amantes já é hora
nasce a branca aurora"
(daí que desgraça
eu depois dormi na praça
pensando nela)

como era poética
a infidelidade literária!
pois diz o sábio: de Menelau a Dom Casmurro
Leopold Bloom e Otelo
toda a literatura nada
mais é do que um belo
exercício em empatia
com cornos reais ou lendários

e assim se encerra este canto sem erro
com Momo fugindo de camelo
pelas portas dos fundos do palácio
deixando para trás os deuses em guerra
em meio à confusão como caíra Troia
a sina de Ugarit é tudo menos joia
para onde foge Momo agora?
o deserto claro
nenhum deus lá habita
por isso é deserto

e quem os fados
colocaram em seu caminho senão
o respeitável patriarca Abr(a)ão?

Intermezzo Segundo

A tragédia de Don Juan, o Amansa-Cornos, Enfim Amansado

Cena: um leito matrimonial no meio do palco, virado para a direita. Uma mulher vestida de NOIVA se encontra ao pé da cama. DON JUAN se aproxima dela. Ele veste apenas uma camiseta que diz "THIS IS WHAT A FEMINIST LOOKS LIKE".

DON JUAN
vem cá tchutchuca vou te dar muita pressão

NOIVA
ai Don Juan rápido
que o meu noivo saiu
saiu pra comprar pão

DON JUAN
perfeito porque assim
quando voltar comigo
no guarda-roupa escondido
ele ainda te pega suada
que nem uma putinha
que é o que você é
(ele a bolina)

NOIVA
orra!

DON JUAN
e quando chegar
nessa buceta gozada
vai querer te comer
vai querer te chupar

e vai acabar é
lambendo minha porra
agora vem cá

Noiva
calma *(empurrando de leve)*
não precisa ir com tanta pressa
que a padaria fica do outro lado da cidade
antes eu queria
ver se você topava algo

Don Juan
é algo
depravado?

Noiva
um fetiche
que o meu noivo não faz

Don Juan
oras não é a toa que você o trai!
você sabe que em matéria de fetiche
eu sou um dervixe
o que é?

Noiva
queria te amarrar na cama

Don Juan
hmmmm não sei não
me parece suspeito

Noiva
por favor não seja moralista
meu noivo é tão careta
só faz papai e mamãe
mas a ideia tanto me excita
tanto tanto

e alguém precisa
dar um trato nesta buceta

Don Juan
hmmmm
a mandioca tem razões
que a própria razão desconhece

Noiva
pois então se te apetece
não será um nó muito forte
você se deita e eu amarro
na cabeceira da cama
então sento com o cu pra você
e depois quando o corno chegar
vou poder dizer
amor o pau dele é o dobro do seu
amor ele socou o pau grisalho
no cu que você nunca comeu

Don Juan
ai caralho
desconfio ainda
mas o tesão é maior
tão maior do que o temor
vai logo então
antes que eu mude de ideia

(deita na cama, cantarolando)

là ci darem la mano
là mi dirai di sì

Noiva
(amarrando-o)
presto non son più forte

Don Juan
andiam andiam

Noiva
(terminando de amarrá-lo)
andiam andiam mio bene
a ristorar le...

(entra o Coro Feminino*, aparecendo do nada, em torno da cama)*

Coro Feminino
PENE!

Don Juan *(surpreso)*
que é isso??
(se debate)

Noiva *(concluindo a melodia)*
...d'un innocente amor

Don Juan
fui enganado!

Noiva
foi mesmo otário
e só pra piorar
eu nem sou noiva
mas viúva

Don Juan
misericórdia!
você sabe que eu só como casadas
que traição!

Líder do Coro Feminino
Don Juão!

Don Juan
eis meu nome
Sevilha a gritos me chama

de o Burlador e o maior
prazer que consigo ter
é burlar uma mulher
deixar sua honra pior

(todas suspiram de desgosto)

LÍDER DO CORO FEMININO

seus dias de ricardão
mais do que contados estão
e nenhum dos seus títulos
de nobreza e erudição
poderá protegê-lo agora
pelos seus crimes Ó facínora
que preenchem listas e listas
e nem adolescente poupou
enquanto hipocritamente
escrevia artigos feministas
o veredito vem acelerado
este pau que você tanto mostrou
sem que quisessem vê-lo
será sumariamente decepado

*(*DON JVAN *olha com alarme e tenta se soltar das cordas, ao que entra um* CORO DE CORNOS MANSOS *no palco, vindos da esquerda, que empurra o* CORO FEMININO *e forma um círculo protetor em torno de* DON JVAN. *O* CORNO-MOR, *usando um chapéu com chifres imensos, é o único que fala, o restante apenas silencia o* CORO FEMININO *que tenta inutilmente tomar a palavra ou se aproximar, com suas tesouras, da cama onde* DON JVAN *está amarrado)*

CORNO-MOR

O rumoroso caso envolvendo Don Juan e suas supostas vítimas demonstra como a sociedade brasileira é hipócrita e moralista. É um assunto de família e não assunto nosso. Ele tem me inspirado desde que me lembro e sinto que é um homem inocente. É uma injustiça estarmos falando sobre isso, embora, é claro, se alguém fizer uma acusação formal, ela deve ser examinada e pensada. Oras, ele esteve hospedado em minha casa e não assediou ninguém de minha família. Foram três ou quatro excelentes dias. Nada de pintos. Dizem que este linchamento é por questões do que chamam de "moral sexual", mas na verdade é porque ele ousou deixar de apoiar o partido. A motivação para promover sua carreira, e não para arruiná-la, derruba a alegação de difamação da demandante. Isso não digo para defender a sua conduta, mas também não vou julgar, pois a intimidade do outro não me diz respeito – é apenas para pensarmos onde está a violência, o "assédio" nessa questão toda? Será que não se nota a violência existente na simples exposição exagerada da intimidade ou nos frenéticos julgamentos? Será que não se nota a violência opressiva sobre a mulher que precisa necessariamente se colocar como peça de dominação do jogo do outro, em vez de poder se sentir à vontade como parte ativa e não submissa desse jogo? Porque ele é um gênio. Não serve para ninguém impedir que grandes artistas trabalhem, nem mesmo para as supostas vítimas, certo? Em pleno século XXI, o sexo continua sendo o maior de todos os tabus. Política do pau e circo! O povo quer sangue e espetáculo, e que melhor chance pra isso do que um escândalo sexual? E digo mais! Como já comentou Nelson Rodr–

(com um imenso estrondo, entra o COMENDADOR*, vindo da direita do palco. É uma estátua de pedra que traz na mão um saco de pão. Em sua região genital, ostenta um imenso e ereto* CARALHO DE PEDRA*. Todos param, fazem silêncio e o encaram)*

DON JUAN
que caralho é esse?

O COMENDADOR
sou o cavalheiro honrado
que a cear foi convidado

(abre o saco de pão, tira um pote de manteiga e lambuza o membro)

CORO FEMININO
(se dispersando)
eita porra
vocês que são homens
que se entendam

CORO DE CORNOS
aguente firme Juan
iremos salvá-lo – resista!

NOIVA
ah agora
vocês deram de ser moralistas!

(para DON JVAN*, pondo a grinalda em sua cabeça)*

arrivederci

(sai)

O COMENDADOR
como ela anunciou
sendo a noiva viúva
vim a ti apressado
por este seu luto a velar.

(música)

O COMENDADOR
pentiti cangia vita
è l'ultimo momento!

DON JUAN
no no ch'io non mi pento
(se debate, em vão)
vanne lontan da me!

(os CORNOS *cercam a estátua e tentam detê-la em vão, enquanto ela avança rumo ao centro do palco. Ninguém se lembra de desamarrar* DON JVAN*)*

O Comendador
pentiti scellerato!

Don Juan
no vecchio infatuato!

Corno-Mor
misericórdia!

(os CORNOS se cansam e desistem, fugindo desesperados por todos os cantos)

O Comendador
(avançando ainda)
pentiti!

Don Juan
no!

O Caralho de Pedra
sì!

Don Juan
no!

O Comendador
ah tempo più non v'è.

(avança ainda)

Don Juan
aaaah!

(as cortinas caem, a música começa o fade-out)

Momo *(deus ex machina)*
o que tirar dessa fábula?
que questões morais serão
discutidas à exaustão
pelos filósofos da internet?
este misto de ágora com picadeiro
pois saibam todos que a moral

humana vai pro saco ligeiro
quando intervém um deus
pois operamos sob a antiga lei
de sacrifícios e temores e tabus
recompensas estranhas
e castigos desproporcionais
Don Juan quis comer os cus
e também as xoxotas
de mulheres casadas e por isso ai!
sofre agora o aguilhão cretino
da minha especialidade que é a chacota:
cabe aos humanos o sexo lícito
adultério é privilégio divino.

Canto VIII

ARGUMENTO:
o deserto – Momo ainda é confundido com El – Jeová se atrasa para encontrar Abraão – o sacrifício do prepúcio – o acordo – apoteose de Momo

Azazel – o nome assusta
e os acadêmicos até hoje
não sabem muito bem o que fazer
com esse *rapaz leguminoso*
digo a expressão lá como é
quando uma palavra aparece uma só
vez no texto enfim
entende-se que o bode expiatório
em Levítico era entregue a Azazel com o sentido
de soltá-lo no deserto ou talvez dá-lo a um espírito
de índole duvidosa
ou ainda as duas coisas sendo
o espírito o seu genius loci
coisas estranhas acontecem em lugares ermos
e os antigos bem os conheciam
como reduto de animais de má fama
liliths e fantasmas e djinns

Momo estava certo
  ou quase
nenhum deus habita o deserto
  por isso lá os demônios fazem farra
com bebida e música alta
  jogo fumo e rinha de galo
ei-lo agora como naquelas cenas
  clássicas de desenho animado
tudo escuro enquanto raia o dia
  e apenas os olhos contra o fundo preto

os olhos e presas
  observando-o

ih fudeu
  é o rapa!

(isso! era *hapax*
  legomenon que
  eu queria dizer)

Momo não entende por que de repente
  todos começam a fugir
e pensa ser por sua fama
  de presença malquista
da época que pelas areias do Egito
  fazia seu bico de exorcista
mas é claro em suas roupas
  roubadas do closet divino
  a túnica impecavelmente
  passada e reluzente
todos daquele bando infiel
  na verdade o confundiram com El

no entanto um outro deus ainda
rondava a região – o ermo
não tem muitos deuses mas um deles
solitário
o adorado em temor
a voz no redemoinho
escrevia obcecado um imenso pergaminho
nem uma folha cai sem que ele o saiba
e chancele a decisão
o que é muito cômodo porque né
deserto
mas em compensação tem um infinidade
de grãos de areia que o vento agita
e sopra

com uma tinta que é fogo preto
sobre fogo branco
ele escreve um livro que é o mundo
ou pelo menos *este* mundo
pois cada povo sabe-se
cria a própria realidade
e assim os povos do deserto
o conceberam:
criado o mundo e feito o ser humano do barro expulso do
[Paraíso e chovido tudo que tinha para chover no
[dilúvio e derrubada a torre de Babel na confusão das
[línguas e tendo chamado Abrão
como uma voz no meio da noite
ele agora se preparava
para aparecer diante dele
firmar sua aliança

mas antes

613 são os *mitzvot*
os deveres do seu povo:
doar para a caridade 250
e *não fofocar* (muito sensato) 19
não comer um membro
arrancado de um animal ainda vivo 191
(meio específico demais
mas tudo bem)
não transar com a sua mãe 139
(importante)
nem com a sua madrasta 140
ou sua irmã ou a filha da madrasta 141 e 142
ou a filha do seu filho 143
ou a sua própria filha 144
ou a filha da sua filha 145
nem com uma mulher e sua filha
ou uma mulher e a filha da sua filha

bem vocês entenderam
bom que está tudo explicado
que aí ninguém pode se fazer de espertinho
e ah sim
também é importante
EXTERMINAR AS NAÇÕES CANANEIAS 596
(calma!)
e a memória de Amalek 598
e que o *estuprador se case*
com a mulher que foi est– 132
caralho meu
Deus como assim??
aí o Senhor me complica
mas enfim
613 os deveres sensatos ou alucinados
em todo caso são
613
e Jeová um deus minucioso
(vide as folhas lá)
pra garantir
precisava repassá-los todos

e assim foi Momo
o primeiro a encontrar Abrão
esbarrando nele no deserto
e vendo-o ainda estupefato
curvar-se
(lembrem-se que em suas roupas
ele parecia mesmo um deus de fato)
Jeová lhe havia prometido
ser o pai de milhares
mas aos 90 anos da sua vida
não tinha tido um único filho
e agora pedia
ele implorava para
que a promessa fosse cumprida

Momo como nós
não se aguenta
sempre que está tudo certo tudo pronto
contente ele não fica
enquanto não fizer merda
e então lhe diz
se você quer ser pai é muito fácil
é só cortar a pontinha da pica

pobre Abrão tinha 90 anos
e para isso parecia muito tarde
mas o que Momo não esperava:
o homem era o que Kierkegaard
chamou de um cavaleiro da fé
nem titubeou – com uma faca
de pedra ele levantou até
a barriga sua túnica e *ZÁS*
seu prepúcio caía na areia

Momo contempla a cena horrorizado
tarde demais para dizer *rá gluglu ié ié*
estava feito
o primeiro sacrifício a Momo
não por acaso
chamou-se Isaac seu
primogênito – *Yitzchak*
literalmente "ele riu"
mas foi de nervoso

quando Jeová percebe o que tinha acontecido
porque seu livro estava
se escrevendo sozinho
Momo tinha acrescentado
os capítulos de Abrão
rebatizado Abraão por motivos numerológicos
quando passava por Sodoma e Gomorra
as cidades que por sua fama

Momo achou que valia a pena
passar um fim de semana
e ir à desforra
mas os anjos que o acompanharam
não entenderam muito bem
(anjos são muito literais)
quando ele disse que *ia ser fogo*
e incendiaram a porra toda

e a cena em que as filhas de Lot
o embebedam para transar com o pai
e a pegadinha do sacrifício de Isaac
(o tempo todo Momo que não aprende
pensa *não é possível não é possível*)
e a luta com Jacó no deserto
(fora de forma Momo
acaba apanhando claro
e fazendo um escarcéu)
que lhe rendeu o nome
Isra – o que lutou com – El
e também a história de Onã
a quem foi decretado o destino certo
de tornar-se o santo padroeiro
dos punheteiros

enfureceu-se Jeová pois sua natureza
era meio colérica
ou colérica e meia
talvez por conta de tanto calor e areia
e foi tirar satisfação
mas o melhor era engolir o orgulho
pegava mal admitir a presepada
e ainda dava pra salvar o livro
se não fizer muito alarde e barulho:
de agora em diante El
era um de seus apelidos

e a gente faz vista grossa para
toda baixaria e trocadilhos doudos
que se perdem na tradução pois Haroldo
de Campos não era ainda nascido
e o resto diz que é alegoria
agora pelo amor de Mim Mesmo
vaza daqui

de todo jeito
Momo saía satisfeito
pois fizera um bom negócio
tendo recebido sacrifício
(ainda que um sacrifício bem ralo)
agora era um deus de verdade
e ninguém poderia mais fulminá-lo

já Jeová saía alijado
pois ninguém saberia
que o ridículo se infiltrara
em sua palavra – ninguém
exceto um ou outro anjo traíra
a revelar em livros apócrifos
conhecimentos gnósticos
logo combatidos e eliminados
com a primeira teoria conspiratória
de toda a história.

Canto IX

ARGUMENTO:
o cosmos unificado – a revelação do inferno de Wall Street dos deuses – o plano de Jeová – Momo rouba o natal

já era hora
de Momo contemplar
as dimensões do que as suas
andanças pelo caos pelo mar
causaram no mundo

como todos hoje sabem era plana
a terra e vivia cada povo
em uma bolha em meio ao caos mas Momo
O-que-não-tem-limites
ao correr de um país a outro
ligou os pontos e desde então
abriu as porteiras para bem ou mal
os longínquos povos se cruzarem

assim arredondou-se o mundo
e esta é a origem das lendas
sobre continentes perdidos
a avançadíssima Atlântida
a oeste da Europa afundada
por húbris e terremotos
e Lemúria mergulhada
no subcontinente indiano
Mu no Pacífico
conhecida dos maias
batizada pelas vacas
além de Acre misteriosa
de existência disputada:
porque Momo nunca nelas pôs seus pés

ficaram de fora da arte final do globo
mas tal também é a origem
de os povos tratarem estrangeiros
como fossem imbecis
pois aonde Momo foi
seu irmão Cacófaton logo foi atrás
e assim todos debocham um do outro
pois qualquer coisa que em uma língua é banal
vira em outra pinto-cu-buceta e sexo anal

é claro: isso muda tudo
se o Olimpo parece a um grego imponente
pouco impressiona comparado a outros montes
daí a necessidade de erguerem
um Olimpo dos Olimpos
ao qual a carta
entregue a Momo agora
o ensina a chegar

Hodós toû Teíkhous seu nome helênico
a Via Mūrī dos latinos
ou Derekh HaChomah entre os judeus
ou Wall-Street se você for jeca
e achar que inglês é chique

milhão! cem milhões! mil milhões!
Palas! Palas! sermão de Satã!
abracadabra! abracadabra!
gruta de Mammoth! Vênus-Pandemos!
Jeová! Jeová! Ku-Klux
O Lord! God! Almighty Policeman!
cristãos de Belial! além o deus-uno Mamão!
Swedenborg há mundo porvir?

dizem os acadêmicos que a emergência do conceito dos deuses pela primeira vez na Mesopotâmia coincidente com a emergência da monarquia era um reflexo no plano religioso da organização política no plano terreno ou seja a relação entre um deus e seus adoradores era como um rei e seus súditos

o que é claro é bobagem
o que sabe esse povo empoeirado?
pois o contrário é que é a verdade
está escrito:
nam-lugal an-ta ed-de-a-ba
quando a coroa desceu dos céus...
o fato é que os deuses
concebem estas coisas
e de algum modo alguma divindade menor
do céu a derruba e assim elas
vêm parar aqui
e essa é explicação da máxima hermética
contida na célebre tábua
de esmeralda de Hermes Trismegisto:
o que está em cima é como o que está embaixo
e o que está embaixo é como o que está em cima
e o que está dentro é como
o que está fora e o que está
de ladinho é como
o que está de quatro

assim aconteceu com a coroa
e a democracia
e também o capitalismo
o que não implica que seja tudo
necessariamente bom pra nós
afinal existem deidades da guerra
da morte e pestilência
e o deus do comerciante
é o mesmo do ladrão

unidos
em seu ódio por Momo
Jove e Thor e o Pássaro-Trovão

e tantos outros reconheceram
suas qualidades comuns
nas primeiras firmas de investimento

obsoleto o louvor a cada deus
agora o capital devocional
emana de cada humano
de acordo com suas predisposições
seus pensamentos e ações
investidos com todo o seu ser
mesmo o ato mais mesquinho e furreca
enriquece cada firma
não importa se o deus é grego
egípcio chinês ou asteca

eu o vejo em minha bola de cristal
um americano um tal John Smith
loiro e corpulento nutrido
à base de bacon e milho e dirigindo
seu utilitário em meio às rodovias
é um bom cristão ei-lo genuflexo aos domingos
pedindo à cruz perdão
pelos seus pecados especialmente
por ter se masturbado
mas no seu utilitário um adesivo
diz SUPPORT OUR TROOPS
e após tanta propaganda hollywoodiana
ele crê que uma polícia genocida
está repleta de heróis
que o protegem contra todo mal
os inimigos da América e da ordem liberal
Saddam e Bin Laden e o Beto
da Vila Sésamo
e caso não o protejam pois bem
ele dorme à noite abraçado
a um fuzil

e assim é ao conglomerado dos deuses
da guerra que chegam suas preces
nenhum deus amoroso jamais nem viu

como quem compra um chocolate Nestlé
e sem o saber seu dinheiro sai
de seu bolso para bancar
a manilha e o libambo
da mão escravizada que ainda colhe o cacau
nossos atos e pensamentos
saem de nosso peito de escambo
e enriquecem esta ou aquela firma celestial
e cada grupo de espíritos menores
compete pelos investimentos
a fim de dar maiores retornos
estimulando os corações humanos
a tirarem o escorpião do bolso
e o entregarem à firma devida

e já que este poema seria pra mim
causa pra ser queimado na fogueira
por heresia e blasfêmia
vamos até o fim
o que é um peido para quem está cagado?
consideremos o caso de Jeová
pois tendo explorado até onde podia
seu nicho de mercado
precisando ampliar seu negócio
consultou-se com seus anjos
Marketiel e Mindsetiel e Coachiel
e concebeu um plano brilhante:

haviam todos os grandes deuses
deitado com mulheres mortais
e gerado rebentos lendários
o filho de Jeová no entanto
em muito ultrapassará

a todos eles em fama
seu nome nos peitos inflama
devoção não apenas
dentro de um pequeno grupo étnico
mas para todos ao redor do globo
do Oriente Médio ao Mediterrâneo
da gélida Rússia a Ilha de Esmeralda
da Eritreia ao México e Brasil
vocês sabem quem é o novo
herói de quem estou falando

tudo teria corrido bem não fosse
Marketiel ter servido a Momo
quando ele confundido com o deus El
liderou esquadras de anjos
e o anjo fofoqueiro lhe conta
dos planos de Jeová
ao que Momo muito se empolga
pois este seria o último gesto
de um deus de verdade
Marketiel por outro lado
acabou castigado como consta
no rol dos anjos caídos
do apócrifo livro de Enoque
ele caiu por isso e no que
cai assim
como todos os outros ensina
suas artes proscritas aos homens

para concretizar seu plano
Momo procura o velho amigo
Dioniso o deus da farra e do vinho
(ainda independente antes
de unir-se à firma das bebidas alcoólicas
ao lado de todos os deuses celtas
e nórdicos)

Dioniso o trinato
que já tinha experiência em morrer
infante Zagreu no submundo
depois reejaculado
e gestado e arrancado do ventre
moribundo de sua mãe
para terminar Eirafiotes
nos bagos de Zeus:
o plano é o seguinte filhote
você entra pela minha próstata
e assim quando eu jorrar
você poderá mais uma vez encarnar
quebrando todos os recordes

Jeová marca no calendário
seu filho precisa vir no mês de março
marcando o princípio
da era de Peixes
mas Momo se adianta e tem o seu
no fim de dezembro
e assim começam as confusões
no meio das centenas de rolos
escritos na virada das eras:

as duas mães se chamam Maria
porque é um nome muito comum
(*rainha do céu* o título também de Ásherah)
ambos eram dados a cavalgar jumentos
e de salvador (*Sôter*) são chamados
        um dos epítetos de Dioniso
mas um era abstêmio
        outro transformava água em vinho
        e o chamou de meu sangue
um veio para trazer a espada
        outro dava a outra face
um deles repreendia os magos

outro expulsava demônios
um deles foi traído por uns trocados
o outro estava ciente do sacrifício
e abençoou o homem que o entregou
um deles ascendeu aos céus
e outro apenas ressuscitou
por esse motivo afirma num sermão o santo
Piva que Cristo era
Dioniso de ressaca

agora qual era qual?
isso eu deixo
para os doutores da igreja
dos séculos por vir
para descobrir
enquanto cantarolando a cantiga ancestral
assopro as chamas
que sobem da fogueira
da vaidade e estupidez
então é natal
e o que você fez?

Intermezzo Terceiro

Carnaval

para a Bruna Kalil Othero

A data da primeira sexunda-feira do mês de mareiro do ano 74 de Nosso Senhor (Inri Cristo), logo depois do almoço, os nobres membros do movimento brasil louco, movimento boca livre, movimento bunda lisa, redigiram uma nota de repúdio pela recitação do poema litúrgico *Momo Rei*, lamentando o seu estrondoso sucesso, reflexo da mentalidade degenerada da geração, denunciando "a falta de bom senso e de decência de pessoas que querem seguir uma agenda criminosa e nociva para nossas crianças" e clamando pela sua "queima em parça púbica (sic)". A nota foi acompanhada por um abaixo-assinado que recebeu as assinaturas de ilustres figuras da arte, da ciência, do entretenimento e da religião de maior destaque em todo o país, dentre pastores, deputados, dentistas, ex-atores de pornochanchada, torturadores, músicos de rock dos anos 80, jornalistas, ornitólogos, membros da extinta (porém não suficientemente extinta) família real, futebolistas, proxenetas e rufiões, incluindo nomes como a Drª . Paula Tejano, Dr. Beijamin Arrola, Alan Berrola, Cíntia Amin Avara, Tadeu de Costa, Sr. Carlos "Cuca" Beludo, Tomás Turbano, Mia Regazza, Oscar Alho, os estadunidenses da família Gozzar, representada pelos Mr. Paul, Mr. Kevin e Mrs. Stoya, Dr. Jalim Habei, Drª . Alina Haba, Esq., Jacy Borreau, Caio Rolando da Rocha, Eva Dias, Paul Herr Guido, Thiago Zado, Yuri Nado, Quico Formoso, Jaime Rabaro, Botelho Kunawara, Levy Adão, Luma Madeira, Taís Tourada, Alceu Kumiama, os doutores nissei Fugiro Nakombi e Takakara Nahasha, a milenar família Pinto, incluindo os estimados senhores Décio, Jacinto, Henrique Romeu e o Dr. Castro e sua esposa Thaís Freganno, e a igualmente respeitável dinastia Rêgo, representada pelos nomes Olímpio, Francisco Rafael de Melo e Jacinto Duro Aquino, além dos representantes da ala eclesiástica Cardeal Antonio Carlos Cuccetta, Bispo Giuseppe Cadura e Arcebispo Benito Bocchetti.

A "queima em parça púbica" ocorreu diante do prédio da Bovespa, com a presença de 15 pessoas vestidas de verdeamarelo devidamente compensadas com verba pública pela Câmara dos Vereadores do Rio de Janeiro. À pira foram atirados também exemplares de:

- *Ulysses 2: o corno agora é outro*;
- *Gargântua e Pantagruel na Disneylândia*;
- *Ubu deputado federal;*
- a Bíblia Sagrada;
- a Bíblia do churrasco;
- *A história do olho;*
- *A história do outro olho;*
- o segundo livro da *Poética*, de Aristóteles;
- *De jaculatione equestri*, de Plínio;
- os fragmentos completos de Filobdesmo;
- *Como curar a depressão contraindo o ânus 100 vezes ao dia;*
- *O Evangelho de Maria Madalena*

...e outras obras igualmente titilantes.

Recorrendo às técnicas necromânticas milenares de manifestação de espíritos malignos pela fumaça, foram conjuradas as sombras de Adolf Hitler, Heinrich Himmler e Joseph Goebbels, que se manifestaram como um monstruoso vulto com um único corpo e três cabeças, acima da praça, ostentando uma pantagruélica ereção igualmente tripartida, a qual foi masturbada vigorosamente até ejacular sobre todos os presentes, que se refestelaram numa grande celebração, conforme o esperma diabólico subiu aos céus e caiu sobre toda a cidade na forma de uma chuva negra que fez escurecer o dia.

A ocorrência foi criticada pela população como inverossímil, mas a esta altura estava todo mundo muito calejado e pouco se fodendo para verossimilhança.

Infelizmente porque *Momo Rei* ainda não tinha sido publicado, foi impossível queimá-lo na ocasião e este delírio termina com o choque de realidade de que à falta de um público-alvo adequado, estas asneiras permanecerão sem ter quem as leia.

Canto X

cardamomos e / reis momos / são amigos no / reino de Momó

Vinicius Ferreira Barth
(a quem dedico este canto mimoso)

ARGUMENTO:
Os investimentos de Momo – a nobre tradição escatológica alemã – andanças pelo mundo europeu cristão – o retorno ao Brasil – Momo se naturaliza brasileiro e tem casos amorosos no país – a especulação cosmológica e o grande desaparecimento dos deuses – fim do dissionário hetimomológico

o que pode um deus
até pouco tempo sequer
um deus de verdade?
a quem todos devem o status quo
mas como qualquer pioneiro
não recebe créditos direito
nem comentários lisonjeiros
a seus investimentos bancarrotos
e assim nenhum dos grupos
financeiros o recebe
e poucos os seus devotos
o que pode então este deus?

Momo poderia ter se unido
por sua afinidade a Dioniso
ao grupo dos deuses alcoólicos
mas lembrando os nórdicos
o fiasco com Thor catastrófico
acabou recusado
mas também para isso não tinha mais fígado

assim como Prometeu
tampouco os deuses artísticos
desejavam macular com esse pincel
torto suas pinturas perfeitas
e mesmo o grupo mais risonho
sentia não ter lugar ali
para o seu deboche medonho

lembremos
o capital divino deriva
do sentimento devocional desperto
no altar dos peitos humanos
e o ridículo por natureza dessacraliza
ou seja Momo estava fudido
e mal pago
pois houve sim ou outro devoto
suficiente para fazer um estrago
a figura marcial que foi... Marcial
lúcido Luciano e rabudo Rabelais
o açougueiro Swift da promoção de carne humana
mas seu negócio estava aziago
seu maior devoto um nome improvável
(não é possível deve
ter havido algum erro)
um ex-monge de nome Lutero

nenhum dos outros deuses suja a mão
pois têm espíritos menores competindo
pelo seu capital
mas Momo de parcos rendimentos não
pode se dar ao luxo do trabalho impessoal
eis que consta também o *do it yourself*
como um dos seus inventos
e lá vai ele ter que fazer tudo
(se prestares atenção é possível que tu
sintas sua invisível presença

feito um leve comichão uma pena
roçando nas margens do cu)

para inspirá-lo trajava Momo
os apetrechos do diabo
a tiara de chifrinhos o collant vermelho
e dizem que uma vez Lutero
atirou um tinteiro ao vê-lo
e ele mesmo dizia que **com um peido furtivo**
espantava o diabo
mas Momo é como qualquer deus
(vingativo) e não deixava barato:
graças a uma chave forjada por Vênus Cloacina
ele tranca o seu umbigo
causando-lhe greves intestinas
e é por isso que ele escreveu boa parte
das suas 95 teses na latrina
(oi Bar Shirika Panda há quanto tempo)

qual não foi sua surpresa quando aconteceu
em suas próprias palavras (ou quase)
de sair como um tolete ressecado
deste mundo a um ânus análogo
(bela metáfora para a morte)
e se deparar com ninguém menos que Momo
o deus então lhe mostra como
sua marca persiste no futuro
feito uma freada na cueca teológica
e comprova-se a verdade de que a árvore
se conhece pelo fruto

mas o deus
em seu entretenimento diabólico
não discrimina entre protestante e católico
e também curte
acontecimentos com um certo sabor

de desgraça
era uma de suas andanças por Erfurt
com Henrique VI o futuro Imperador
do sacro império romano-germânico
dia 26 de julho do ano da graça
de 1184
quando reúne o rei seus nobres numa igreja
a fim de chegarem a um trato
quanto a uma disputa de terras
então Momo no auge de seu poder
(o que ainda de certa maneira
não era grande coisa)
nutrido por três séculos de pornocracia
pula sobre o assoalho de madeira
e de novo
e uma terceira vez quando
o assoalho cede
abrindo uma garganta sobre o lodo
que borbulha e fede
no qual caem os nobres todos
com dezenas de mortos

três séculos de corrupção papal
nutriram-no até ficar bem gordinho
por isso de novo optou por Roma como o local
de sua residência onde assistia maravilhado
aos acontecimentos como se fosse um seriado:
o Papa João décimo segundo com seu pau
esfolado em torno de bordéis e amantes
(incluindo a do próprio pai)
possivelmente assassinado por um corno
sendo o filho de Alberico de Spoleto
que mandou prender a própria mãe
mulher de parca beatitude
senatrix Marozia e mais tarde

criador da famosa franquia de fast-food
e como esquecer do sínodo horrendo?
quando o Papa Estevão um grande estorvo
exumou feito um corvo o cadáver
do antecessor Papa Formoso
conhecido por seu físico fabuloso
e o corpo foi mutilado
jogado no rio
mas o povo não gostou e Estevão
por seu desvario acabou
morto na prisão
e seu juízo anulado
mandaram buscar o cadáver
que a essa altura diziam estar fazendo milagres
para de novo ser enterrado
só Deus sabe em que estado
mas Sérgio III outro safado
anulou o anulamento
essa história toda é sim muito confusa
mas serviu para gerar entretenimento
há muito que Momo não se sentia tão bem
desfilando por Roma com vestimentas grã-finas
e assim é que vamos de Latrão
para a latrina

mas nem todas essas histórias de Roma
precisam ser tão funestas
Momo também estava lá para conferir
certa leveza à ocasião
do martírio de São Lourenço de Huesca
que morreu na grelha ainda que
não se saiba se alguém provou
de sua carne fresca
e dizem que enquanto era cozinhado
Lourenço teria pedido para ser virado

porque já estava ficando bem passado
esta é a história de como ele virou padroeiro
de comediantes e cozinheiros

Momo seguiu observando essas ocasiões
de conflito tribal
(é muito primitivo o europeu)
também enquanto vaga por Praga
quando houve as famosas defenestrações
sim no plural
porque lá o pau comeu
um lindo verbo este
que significa *atirar pela janela*
muito revelador que lá tenha havido defenestrações
com o pessoal caindo pelo capitel
e foram três na verdade apesar
de a segunda não contar
como uma "defenestração significativa"
despertando alguma piedade
no coração do nume
e no que ele veio descendo dos céus
alguns sobreviventes relataram ter sido salvos
pela mão de Deus
ao caírem sobre um montão de estrume
que amorteceu a queda

depois teve a ida de Momo à Inglaterra
quando apareceu em traje angelical
para mais uma pegadinha
Navalge seu nome o que ninguém percebeu
ser um anagrama de vagenal
nas sessões de Kelley e John Dee
o mago da rainha
em sua bola de cristal
com a mensagem: você deverá comer a minha
esposa e eu a sua

e como sabemos um homem pio um cavaleiro
da fé se distingue
pela capacidade de fazer o que ninguém mais está disposto
assim foi inventado o swing

e tem ainda o episódio
dos versos momônicos quando
Momo esteve nas Arábias
e... bem... tinha...
ééé... tinha o Profeta... e...
deixa pra lá

enfim ele veio parar na Espanha
onde vira costume carnavalesco
(ó abram alas!)
construírem imagens do deus burlesco
para queimá-las
decerto percebendo sua influência
não bem benfazeja
embora ainda houvesse quem o celebrasse
com esses versos de língua presa:
debaxo de ficciones fabulofas
hazen ea efte bravo Momo eftancia
materias llenas de moral fuftancia
e juntamente cofas bien graciofas
(defculpem a tranfcrição imprecifa
o "s" de manufcrito antigo parece um "f")

e ensim para efcapar
de ter o seu rabo chamuscado
temos mais uma das vezes
em que Momo foge tomando
o rumo do país vizinho
de gaiato em barquinhos portugueses
todo gringo ama o Brasil
praya kah-ypering-a fay-djow-ah-da
e Momo não era exceção

um heleno em Pindorama
três pérolas ele traz
consigo de sua terra:
o presente (de grego)
o churrasquinho
e o beijo

acompanhamos sua presença
nos momentos em que viu a vitória
e nos fazem pensar *puta*
que pariu não é possível
mas agora pensando em nossa história
o difícil é dizer quando ele *não*
se fez presente em tantos
episódios de infâmia e inglória:

desde os primeiríssimos momentos com a carta esdrúxula de Pero Vaz "nunca vi vergonhas cerradinhas na vida" Caminha até a fuga da família real portuguesa enxotada por Napoleão e como esquecer Dom Pedro desfilando nas lojas maçônicas com seu cosplay de ameríndio o nome de guerra Guatemozim além de seu amigo Chalaça expulso nu do palácio em Portugal e conquistando carguinhos para levar o imperador à noitada para não falar nada da violência aviltante de causas pouco nobres como a escravagista revolução farroupilha e a chacina vergonhosa da Guerra do Paraguai e aí vem a lei que era áurea porém atrasadíssima e aquilo né antes tarde do que nunca e tudo isso antes de o primeiro brasileiro sequer voar pelos céus num feito pelo qual os americanos nos espoliaram os louros apesar de na verdade o primeiro brasileiro a voar ter sido o primeiro padre do balão Bartolomeu de Gusmão com sua passarola mas já estou digredindo

o deus reconhece o caráter lascivo
da terra aonde chegara
ao atravessar o mar de sargaço

por isso sonha em unir a nação
sob um grande punhetaço
eis o sentido de quando vestido
de musa esta ladainha
sussurrou aos ouvidos do poeta:
vinde abraçar um povo glorioso
que sem tirar a espada da bainha
a pátria restaurou e encheu de gozo
seus planos seguem frustrados
mas em todo caso foi no Rio de Janeiro
que naturalizou-se Momo brasileiro

banhava-se a ninfa Niterói nas águas ainda puras
formosa figura celebrada
nos versos do político Firmino poeta
de um poema só:
Niterói Niterói que é do sorriso
donoso de ventura que teus lábios
outrora enfeitiçava? cor de jambo
pelo sol destes céus enrubescido
que coisa mais linda mais cheia de graça
pensou nosso herói entumescido
e mais uma vez nova paixão arregaça
o coração de Momo
os dois rolando à milanesa na areia
assim conceberam um novo
deus nacional da cachaça
havia ainda um pouco da essência
de seu amigo Baco nos bagos divinos
(vocês sabem como mancha de vinho
não sai nem por milagre)
e ali mesmo em Copacabana foi concebido
indócil Dionílson o senhor dos porras-loucas
já nascido montando a moto empinada
dando tiro pra cima

cultuado em todo território carioca
mas este primeiro deus filho de imigrantes
já não fala mais
como antes com o pai esse pagão
tendo se convertido à religião cada vez maior
do narcopentecostalismo

estas histórias de amor
estão muito heteronormativas
alguém poderia protestar
e é uma crítica válida de fato
mas vale lembrar que esta narrativa
é sobre o deus do ridículo
e mais – é um conto etiológico
pois como vocês acham que surgem
tradições como os perfis de casais
em rede social e chá
de revelação ou motéis temáticos?
todas as cartas de amor são ridículas
mas puta que pariu pessoal se esforça
só que houve sim um caso homo-
-afetivo afinal Momo
é um deus grego
e não resistia a rapazinhos
mas é uma lembrança que preferia esquecer

dessa vez foi na cidade macota de São Paulo
então terra da garoa antes de o clima
virar essa chacota
que Momo conheceu um jovem ardente
que atendia por Macunaíma
em visita ao beira-rio do Igarapé Tietê atrás
do gigante Piaimã comedor (ui) de gente
foi logo após ter sido cozido
com polenta o cheiro lembrando
um sacrifício

três vezes Momo galanteador
bate na porta da pensão
primeiro com um buquê
de repolhos-gambá e abricós-de-macaco e milhos de peru
mas o mano Jiguê
o aconselha feiticeiro que era melhor não ir
depois vem com outras flores
pra deixar a mensagem mais clara
leiteiros-vermelhos e marias-sem-vergonha e amansa-senhores
é relevante que o seu livro foi escrito
no começo do século e o público
do Mário era meio pudico
embora se saiba que em vários
grupos indígenas não havia tabus
quando à homossexualidade
por isso o herói já esbranquecido
se via ainda dividido
e só após trazer-lhe clitórias e orquídeas e os ramos
da árvore-de-salsicha
que enfim caiu a ficha

assim saíram os dois
por toda a cidade a brincar
mas nada é bom que dure pra sempre
e Macunaíma importante lembrar
não tinha nenhum caráter
por sorte antes que a relação amargasse
deu tempo para Momo ouvir
de seus lábios um antigo mito
que o fez repensar suas crenças
e concluir que eram bobagens
(é isso então desenvolvimento de personagem?)
a origem do cu: o Pu'iito

nesses tempos de antanho
nem homens nem animais tinham ânus

e Pu'iito andava furtivo pela floresta
peidando na cara de todos
quando menos se espera
por isso os animais armaram um complô
e os papagaios Kuliwaí e Kaliká
o capturaram antes que pudesse fugir
assim Pu'iito amarrado
(talvez em outras línguas chamado Tchã
de onde em nosso cancioneiro
vêm os versos
segura o Tchã amarra o Tchã)
foi repartido entre todos os seres
alguns ganharam cuzinhos como os pombos
outros ganharam cuzões como as antas
o sapo ganhou o cu nas costas
e o peixe Karoíd na garganta

tocado
pelo mito e novas experiências
Momo revisita sua ode ao cu
talvez não precisassem tê-lo
expulsado do Olimpo
era só não ter sido um *filho de Pu'iito*
embora não se arrependa de nada
pois o que importa afinal é a jornada não é mesmo?
mas ai que dolorosa surpresa
ele ao acordar da anestesia sexual
descobriu sua calça exonerada de sua carteira
seu amado levou seu dinheiro e cartão e documentos
e tirou uma moto no seu nome
esta sendo a origem da infame Elza truqueira
e do celibato de Momo desde então
...tem mais não

enfim chegamos ao acinte
que é a era do ateu terrível século XX

quando decidiram os deuses ir
embora e deixar pra trás
(*I will show you fear*
in a handful of dust)
esta terra devastada
pois somente assim pôde um vagabundo
como Momo tornar-se o rei do mundo
é óbvio que dentre todas as firmas divinas
a culpa foi da firma belicosa
está escrito: *ai momarca*
ai de ti serpentaura da lesmória!
a graça da morte só se vê na piada da guerra
tudo bem que todo mundo erra
mas nunca ninguém errou que nem eles quando
decidiram apostar tudo no assassinato
de Franz Ferdinando
seu plano deu certo mas foi um sucesso oco
a glória da guerra pela qual morreu Aquiles
(*coço o saco tiro o sarro mas estou rouco*)
definha nas trincheiras
o pé gangrenando nos coturnos o rosto
desfigurado a pele queimada
de gás mostarda em trauma catatônico
e o tiro saiu pela cu-
-latra
desde então armas e munições são coisa
que só um completo idiota idolatra
(ainda que não sejam poucos em termos numéricos)
e o imenso investimento rendeu a Ares e companhia
prejuízos homéricos

estremece
o céu inteiro porque a humanidade
tendo cavado seu próprio buraco
arriscava exterminar-se e aí

de quem iriam extrair
o capital devocional? dos macacos?
reuniram-se em resposta Jeová
da firma dos deuses da criação
com seu velho rival Marduk (já conciliados)
Viracocha e Bumba e Ptah
chegando a uma engenhosa solução:
por que se limitarem a um único universo?
havia matéria-prima ainda
para construir muitos outros
e povoá-los com seres diversos
(num gráfico apresentado pelo Senhor Brahma
contendo previsões para o trimestre com fluxogramas
e contabilizando até mesmo o valor dos subornos
estava evidente que mundos novos apresentavam
até 300% de retorno)
o pitch foi o seguinte
no formato de ditirambo
enquanto no telão passavam cenas
(que investimento garantido)
de filmes do Rambo:

Ó vós que sois da guerra mestres
(e ai! agora estais falidos)
acaso não pensais em ter
um mundo próprio e vosso apenas?
cobrando só um valor modesto
daremos fim a vossas penas!

e a cena se repetiu mudando as nuances
com as outras firmas
a das divindades do amor
com a promessa de um eterno filme de romance
(ou pornô)
um mundo todo certinho
aos deuses da justiça

e para a firma alcoólica um comercial
que não mostra ninguém triste
a terra do churrasco com cerveja e pagode e linguiça
onde a ressaca não existe

se você reparou que seria insustentável
manter a longo prazo qualquer mundo desses
então *parabéns* és mais sábio que os deuses
(olha a húbris!)
e vai ser feio quando essa bolha estourar
mas por ora
a ideia dos criadores foi um sucesso
e no que os deuses retiram deste mundo
(deixando a máquina desocupada)
seus investimentos os efeitos
acabam sendo complexos
pela lei da oferta e da procura
espíritos a preço de banana
vendem seus serviços
percebendo o fim da era de fartura
e agora Momo que além de pobre
é muquirana pode bancá-los
como ninguém veio lhe suprir
um universo exclusivo
ele acabou tendo que se tornar
o rei mesmo deste aqui

o que pode um rei?
rei e deus – rei dentre deuses
a hetimomologia o explica
mais valiosa ciência em nossa biblioteca
sim ele manda mas mais do que isso
se assenta à varanda
com vista ao seu reino e de lá
atira meleca sobre súditos
pois esta é a origem de meleca – *melekh*

a semítica raiz ême éle cá
que também nos dá *moleque*
a criança ranhenta comendo
os frutos do próprio nariz
e o *maluco* que sonha que é rei
e *malaco* que é um rei também
nas ruas a seu próprio modo
e entre os hindus chega ainda *mleccha*
como chamavam seus bárbaros sem luz
porque entre outras tantas impurezas
eles colavam suas melecas
embaixo da mesa

assim concluímos este dissionário
que não é alfabético pois segue
a ordem do cosmos e não das meras letras
que acabaram embaralhadas
uma bagunça da qual enfim resgatamos
seu sentido prístino: que não caia
nas mãos dos não iniciados
coaches e psicanalistas
pois grande seria o estrago
e *agora tu encerra estas palavras*
e sela este livro até ao fim do tempo.

Canto XI

Às vezes éramos bem-sucedidos. Penso especialmente em Claude Farci, um catatônico. Tive a ideia de cobri-lo da cabeça aos pés com máscaras e, desse jeito, ele fazia o que eu quisesse. Sempre perguntava para ele, "Por que é que você se mexe quando está mascarado?". Nunca me respondia, mas um dia ele disse: "Porque não é sério".

Jean-Baptiste Thierrée,
sobre o circo terapêutico de Guattari

ARGUMENTO:
a visão da máquina do mundo – reflexões metapoéticas – conselho aos que vão morrer – visão final diante do trono

e como eu palmilhasse vagamente
a Marginal Pinheiros pedregosa
e no fecho da tarde um sino louco

junta-se aos pombos no céu preto (vem chuva)
e a escuridão maior vinda dos montes
e de meu próprio ser desenganado

a máquina do mundo se entreabriu
com o rabo volumoso de Momo
sentado ao painel sobre uma banqueta

abriu-se majestosa e circunspecta
sem emitir um som que fosse impuro
ei você sabe operar esta merda?

mas eu que conheço o poema original
baixei os olhos incurioso lasso
desdenhando colher a coisa oferta

e ele insiste *ow tô falando contigo*
olha repara ausculta porra
mas eu continuei com meu pal-

-milhar e a mente exausta de mentar
agora complementada pela agonia
no que Momo puxa uma alavanca

e vem mais uma dose somar-se
ao absurdo original e seus enigmas
como um balde de bosta a quem

já está atolado até o pescoço
o que só me ocorre porque não tive
a sapiência cansada de Drummond

e de fato com peito aberto quis entender
a memória dos deuses e o solene
sentimento da morte a estranha ordem

geométrica de tudo e aquele verso
lá dos minérios que cochilam com raiva
porque (creio) seus travesseiros são duros

e por este monumento erguido à verdade
(refiro-me ao poema todo)
foram-me atendidas as preces

agora fica o arrependimento
tarde demais para continuar seguindo
vagaroso de mãos pensas

o deus que resta quando os outros todos
se retiraram deste mundo tendo
na natureza mítica das coisas

por W.O. supremo monopólio
no que tudo enfim se explica (porém
a que custo) como um adolescente

pichando caralhinhos voadores
na parede do banheiro – tal deus
falando outra vez me contradiz:

na verdade eu ganhei isto no bingo

foda-se então
que o poema já está todo escrito

por sete anos ele me assombrou
arrastando-se como uma criança
malformada implorando
que eu a concluísse
atarrachando um braço
e amarrando os nervos
não vai ser agora que eu vou mudar tudo
pois é... sete anos
eu tinha ainda algum brilho
nos olhos em vez destes cabelos brancos
e acreditava que havia
algo de nobre na empreitada
sete anos pra *isto*??
pois é que coisa mais inglória
poderia ter feito algo melhor com meu tempo
mas bem se sabe que aos profetas
não há escapatória

meu pobre poeminha
quem lê pensa *que coisa blasfema*
devia ser crime
mas não se pode também esperar nada
melhor de quem acha ser o divino
domínio exclusivo de gente
que berra na rua
e usa terno mal talhado
(olha Lutero
a merda que tu fez)

a verdade afinal é: embora tonto
este é um poema sacro
pois se até mesmo Davi
acusa seu deus de dormir no ponto (salmos 44:23)
por que seria blasfema esta

tentativa de despertar
na face plácida dos céus
alguma reação
nem que seja áspera e dura?
eis o mundo ridículo que criamos
faz-se necessária
uma teologia à altura

a risada dos anjos – quem a ouviu
diz que é um riso alegre e celebra
a glória e perfeição da criação
já a dos diabos zomba dela
e o riso humano oscila ambíguo
preso abaixo do bobo alegre
e acima do cínico amargurado
entre um e outro caso
e só um deus sabe qual é qual
(às vezes nem eles)

é preciso rir diante do algoz
todo algoz carrasco e torturador
um verme lambe-botas
a quem nada mais satisfaz
além de envolver com a goela
o caralho dos poderes vigentes
(a metáfora fálica
é infelizmente incontornável)
é preciso rir com escárnio dessa criatura
patética enquanto ela
quebra as tuas pernas
e arranca tuas unhas
este verme cagão e broxa
um riso perturbador
para estragar o momento privá-lo
de qualquer prazer
que possa haver nesse ato

imaginado como grandioso e heroico
o hino nacional tocando ao fundo
rir enquanto ele arranca tuas tripas
e a clava forte esmaga
o teu crânio e dentes
um *HA* débil
a sair dos lábios terminais
riso que segue demente
mesmo quando não há mais boca e o pulmão
não mais se insufla ouvido ainda
no silêncio

sim estas recomendações
são a nós os pobres mortais
impossíveis
não somos santos nem iluminados
a carne dói
e a mente ainda mais
e o mundo está cheio de algozes
mas tudo bem – ao morrermos
Momo nos põe
de volta ao carrossel
das reencarnações
e por isso temos muito tempo para aprender
(pelo menos uns vinte anos
até o planeta dar o último suspiro
e aí Momo vai ver o que faz com isso)
uma buzina de palhaço ao
cair a mortalha
do silêncio

eu o vejo agora
que não sei como encerrar
este poema após
o ensinamento impossível
talvez imprestável e duvidoso

a qualquer mente mundana
como tudo que ele inspira:
eu o vejo em pose
de pintura tibetana
o próprio nome um espelho
do primordial mantra OM
repetido ou invertido ou pervertido
e o rosto de deidade irada
os caninos pontiagudos e olhos muitos
na cabeça a coroa pesada
como um gorro de bobo da corte
um pé pisando um globo
o outro suspenso no ar
não equilibrado mas como se
fosse cair a
qualquer momento
segura em muitas mãos
um cetro e uma trombeta
uma bisnaga d'água e galinha
de borracha
e uma chave de ouro
pois sim que outro modo
melhor de fecharmos isto aqui?
uma frase bela e memorável
todos os que estão por vir a citarão
com grande solenidade
como se uma verdade
de uma sabedoria insondável
fosse condensada em onze palavrinhas
um exemplo de minha sapiência
e justificativa para ler o que foi escrito
pois que se faça
silêncio

assim encerramos com este dístico
pichado por Momo
naquele mesmo trono tremendo
por ironia o de Zeus
onde ele agora repousa
o traseiro seu:
ΕΣΚΡΕϛΙ Ε ΣΑΙ ΚΟΡΡΕΝΔΟ
ΠΑΥ ΝΟ ΚΥ ΔΕ ΚΕΜ ΕΣΤΑ ΛΕΝΔΟ.

(curitiba – são paulo,

2015– 2022)

FINIS

Momo Rei é uma obra de ficção e claramente fruto de um delírio de febre. Qualquer semelhança com pessoas e entidades, vivas, mortas ou imortais, é puramente coincidência ou sincronicidade. Nenhum animal foi ferido durante a produção deste poema.

Confissões de cleptomania

O nome de T. S. Eliot é invocado no canto IV por um bom motivo, além de pedantismo: fragmentos de diversas obras foram incorporados ao *Momo Rei*, o que confere essa textura rica e variada. Embora seja mais divertido deixar o público-leitor caçar essas referências por conta, a Justiça discorda, por isso segue uma lista do material citado. Mas também, para não entregar de cara o ouro, vamos optar por um meio de caminho e incluir apenas o que não está em domínio público e poderia me dar dor de cabeça. O resto, vocês procurem no Google. As citações costumam ser indicadas com itálicos no poema:

No canto I: um versinho só de ***Galáxias***, de Haroldo de Campos, e a citação do relatório do exército sobre a expulsão do ex-presidente, bem como algumas frases delirantes de seu filho 01. No canto II: um trechinho da ***Anatomia da Melancolia***, de Robert Burton, que ninguém menos que o Sr. Gontijo traduziu (o que é um plagiozinho entre amigos, né?); um trechinho de ***Endgame***, de Becket; e versos de Robert Johnson, Bukowski, Fagner e Melchior. Cito no final um trecho do "Festim Divino de El", originalmente da tabuleta KTU 1.114, um poema do ugarítico que eu já traduzi para o *escamandro*. No canto III: temos The Doors e Eliot, junto com uma colagem a partir de várias citações do famoso Faraó de Pinheiros (que descanse em paz e não volte).

No intermezzo I: versos do Fausto de Goethe, na tradução de Flavio M. Quintiliano, além de trechos derivados do ***Liber Samekh***, de Aleister Crowley, na tradução de Alan Willms, e vocalizações de diversos exemplos do cancioneiro nacional e internacional.

No canto IV: eu roubei de mim mesmo pela segunda vez, com minha própria tradução do Shelley, à qual foi acrescentado um verso do funk "Sou Foda", dos Avassaladores. No canto V e VI: cito o Hesíodo de Jaa Torrano nos dois, depois Legião Urbana e Grupo Carrapicho. No canto VII: foram homenageados Safo e o Rei Salomão com seu hit atemporal que é o ***Cântico dos Cânticos*** (tradução de Haroldo de Campos), Catulo, Horácio (de novo na tradução do Gontijo), Hilda Hilst, Alceu Valença, Rita Lee, Rogério Skylab e um poema de John Donne.

No intermezzo II: um verso do Bonde do Tigrão e trechos da tragédia espanhola de Don Juan, o ***Burlador de Sevilha*** (agradeço, de novo, ao Guilherme), junto da ópera *Don Giovanni*, de Mozart, e recortes variados de textos da internet.

No canto VIII nenhum escritor foi espoliado, e ninguém no IX que não esteja em domínio público, além da música da Simone. No canto X: citações de Leminski, Fernando Pessoa, É o Tchan e Eliot mais uma vez. O deus brasileiro Dionílson, "ainda mais casca grossa que Dioniso", veio de uma tirinha de Ricardo Coimbra. Macunaíma, evidentemente, é o herói do livro de Mário de Andrade. O mito do Pu'iito saiu do trabalho etnográfico de Theodor Koch-Grünberg, narrado por Mayuluaípu, indígena taulipangue. E, por fim, Drummond, obviamente, no canto XI.

Numa inversão de expectativas, o intermezzo III (que já estava pronto em novembro de 2022) foi plagiado pela realidade, quando inúmeros patriotas foram enganados pelas promessas golpistas do general Benjamin Arrola. Então é essa a sensação de ser um profeta.

Agradecimentos

À Maíra, por ler o poema e não pedir imediatamente o divórcio.

Ao Gontijo, pelo apoio ao longo de todos estes anos (a dedicatória foi mais que merecida) e pelas sugestões de várias piadas excelentes, pelo menos segundo meu critério duvidoso. Também a outros colegas de *escamandro*: o André Capilé, que me cobrou, com razão, para que eu terminasse logo o ***Momo*** e assim me deu o incentivo necessário (sendo recompensado por seus esforços com o dever de produzir o texto de orelha), e ao Vinícius Ferreira Barth e Bernardo Lins Brandão, em homenagem aos bons tempos de farofagem em nossas reuniões de antanho.

Ao Caetano Galindo e à Sandra Stroparo, por toda a atenção e comentários gentis. A reação do casal foi crucial para eu não jogar fora o projeto, e seus comentários ajudaram a dar uma boa polida no texto.

Ao Gabriel Resende Santos, meu irmão carioca no registro jocossério, que também ganhou uma dedicatória (assim se dá presente sem gastar dinheiro), por acompanhar esta novela há anos.

Ao Kelvin Matheus, pelo seu carinho e entusiasmo e por ter publicado uma resenha no Blog do Madeira antes de o livro sair, o que eu achei incrivelmente momesco e adequado.

À Bruna Kalil Othero, pela leitura carinhosa do livro e pela irmandade na produção de literatura de baixaria contemporânea.

A todos da Kotter, envolvidos na concretização do ***Momo***: ao Sálvio, pelo voto de confiança (pela segunda vez!), ao Claudecir, pela atenção e paciência, e à Jussara Salazar, pela belíssima arte da capa. Acrescento ainda os nomes do Caio e da Victoria, pelo entusiasmo e boa vontade em conceder à diagramação do ***Momo*** a cretinice que ela merece.

Aos deuses, incluindo o próprio Momo, ao espírito Parmasa e entidades variadas que permitiram que este livro se materializasse sem que eu fosse fulminado.

Coordenação Editorial: Sálvio Nienkötter
Editor-Executivo: Claudecir de Oliveira Rocha
Editor-adjunto: Daniel Osiecki / João Lucas Dusi
Capa: Jussara Salazar
Design editorial: Caio Borges e Victoria Oswaldino
Produção: Cristiane Nienkötter

Dados Internacionais de Catalogação na Publicação (CIP)
Angélica Ilacqua CRB-8/7057

Scandolara, Adriano
Momo rei / Adriano Scandolara. – Curitiba : Kotter Editorial, 2023.
152 p.

ISBN 978-65-5361-226-6

1. Poesia brasileira I. Título

23-3592 CDD B869.1

Kotter Editorial Ltda.
Rua das Cerejeiras, 194
CEP: 82700-510 - Curitiba - PR
Tel. + 55(41) 3585-5161
www.kotter.com.br | contato@kotter.com.br

Feito o depósito legal
1a Edição
2023

Index Capitulorum